DARE YOU TO STAY ALIVE

CHARACTER FILE

赫諷

Profile

花花公子外貌，十分有女人緣，
擅長利用外貌獲取他人好感。
看起來很厲害，其實膽量很小，
會被屍體嚇到。
專門負責照料林深

DARE YOU TO
CHARACTER FILE
STAY ALIVE
死なないでくれ
林深
Profile
冷漠冰山，關鍵時刻很值得信賴。
森林的守林人，處理過各種自殺者屍體，認為人不該隨意放棄性命。

GOBOOKS & SITAK GROUP©

GOBOOKS
& SITAK
GROUP©

三日月書版

三日月書版

DARE YOU T
有種
你別死
YY的劣
illust 生鮮
STAY ALIV
1
三日月書版
輕世代 BL044

DARE YOU TO STAY ALIVE

Contents

第一章　明年今日忌日

啪嗒。

腳下好像踩到了什麼，有種黏稠、令人不快的觸感。

赫颯低頭看了看。

那是一堆半乾不乾的動物排泄物，上面有一個熟悉的腳印，毫無疑問，正是自己的。

這是一小時內第幾次踩到糞便了？從一開始的臉色大變，到之後隨意找塊乾草擦一擦鞋底，直至現在臉色平靜地徑直向前走。

對於習慣了的他來說，哪怕面前出現堆積如山的糞便，都不會再讓他感到驚訝了。

原始森林裡除了植物，最多的就是各類動物的排泄物。

不過這麼偏僻的荒山野嶺，真的沒有弄錯嗎？對方是不是給錯地址了？哪間公司的面試會在這種鬼地方？

赫颯想起半個小時前自己在森林入口處問路時，路過的農民大叔都是一副「天啊，你怎麼要去那種地方」的表情。

這讓他產生了一種自己被賣掉的感覺。

綠湖林業管理公司應徵長期助理一名，待遇優渥，包吃住，試用期一個月。

因為在報紙上看到了這則招募資訊，赫颯才會跋山涉水一個多小時來到這裡，只為了一份待遇優渥、包吃包住的工作——至少廣告上是這麼寫的。

打死一隻想要偷吸血的巨蚊後，赫颯面不改色地拍掉屍體，繼續向前走。

按照指路的農民所說，進了森林後沿著小路一直走，會在盡頭看見一間小屋，那就是他的目的地了。

小屋，小屋，小屋。

小屋，小屋……嗯？是那個嗎？

赫颯看到了一個高高指向天空的煙囪，事實上他也只看到了煙囪，因為煙囪以外的部分都被一片枝繁葉茂的樹擋住了，只能看到一條小徑從包圍住房子的樹木中延伸出來，直通他腳下。

好有山中精靈小屋的感覺！赫颯天真地幻想著。

難道這座林中小屋裡還真住著一位精靈？不然，最起碼也該是位氣質清麗的美女吧！

正這麼想時，只聽見不遠處傳來一陣關門聲，隨即是急匆匆的腳步聲，下一秒，一個人影出現在他視線內。

一個年輕人，黑髮隨著身體的動作起伏飄逸，看起來髮質很柔順。他看向赫颯時，赫颯看到了他淺褐色的眼瞳，清澈明亮。再看那張臉，輪廓俊朗，下顎線條清楚俐落，鼻梁高挺，嘴唇緊抿，感覺是個性格嚴謹的傢伙。

整體來說，長相起碼可以打到九十五分，赫颯托著下巴評價道。

再多說一句，如果這傢伙不是個男人，其實他願意打出一百分的。

沒錯，從不給自己以外的男性打一百分，這是赫颯的原則。

眼看九十五分男子越走越近，經過赫颯身邊時，還帶起了一陣風。

「跟上。」

什麼？

赫颯眨了眨眼，那傢伙是在和自己說話？

就在他回頭去看時，九十五分男已經跑遠了。沒辦法，鑒於對方很有可能是自己未來的同事，赫颯還是決定跟了上去。

很快，他就知道自己做了一個正確又不幸的決定。

「這是要去哪裡？」

跟在九十五分男後面走了五、六分鐘，只見周圍樹林越來越茂密，頭頂的陽光也漸漸被樹枝遮擋，聲音被隔絕在外，彷彿進入了另外一個世界。

赫颯終於忍不住出聲問：「至少告訴我現在是去做什麼吧。」

九十五分男走在前頭，嘴裡低低呢喃著。

赫颯以為他在回答自己，湊近一聽才發現，這傢伙根本沒聽見自己的問題，而是在自言自語！

三天前，女性，二十六歲。

他只聽見了這幾個關鍵字，卻不明白這幾個字合在一起代表著什麼。難道是，有一位美麗的二十六歲女性，約了九十五分男到密林中幽會？不對，這樣對方應該不會讓自己跟來了，幽會嘛，當然人越少越好。

那麼就可能是三天前，某位年輕女性在這裡掉了某樣東西。這位九十五分男收到通知，所以才急急忙忙地跑到林中找。

這個推論感覺合理多了，畢竟找東西當然是人越多越好，才讓自己跟來。

可惜這時候，天真的赫諷還不知道，他們要找的可不是什麼遺失「物品」。

他還想說，如果自己幫忙找到東西，面試的時候對方還可以幫自己說幾句好話。打著這個主意，赫諷決定認真幫一下這位九十五分男的忙。

兩人繼續向前走，不過這次越往前走，周圍的樹木漸漸變得稀少了，陽光從稀疏的樹枝縫隙間灑落，還能聽見不遠處傳來的潺潺溪水聲。

九十五分男走到這裡就放慢了腳步，赫諷見狀，也跟著放慢速度。此時，一股尿意湧上，為了不打擾對方，他決定偷偷去相反方向的樹蔭中上廁所

「你要去哪？」

誰知只是這麼一動，就立刻引起了對方的注意。被那雙淺褐色的眸子眨也不眨地注視著，赫諷竟然有些不自在起來。

「去哪？」

九十五分男盯著他，又問了一遍。

嘩啦啦……一旁小溪的流動聲彷彿是極佳的伴奏，很清晰地傳來。

赫諷輕吸了口氣，然後笑道：「今天天氣真是不錯，這裡環境也很好。話說起來，今天出門前我吃了幾塊麵包喝了一杯牛奶，然後花了一個半小時馬不停蹄地找到這，現在好像有點撐……」

「去吧。」話都還沒說完，九十五分男就了然地揮了揮手，「不要跑太遠。」

赫諷愣了一秒，這樣他都能聽懂？

不管了，見對方不再看著自己，赫諷以一種略顯尷尬的姿勢走到一旁的大樹陰影下，迅速地解開褲頭，釋放人類最原始的欲望。

雖然他也不想在野外這麼做，但是看起來也沒有選擇了……

很快，解決生理需求，赫諷整理一番，準備去溪邊洗手。看了眼正站在溪水裡搜尋著什麼的九十五分男，赫諷心裡的惡魔小小地冒了出來，不過最後他還是理智地到下游洗手去了。

惡作劇什麼的，還是等自己成了對方的正式同事再說吧。

哼著小調，赫諷把手伸進清涼的溪水中，感嘆了聲大自然的美好，他捧起溪水，不緊不慢地清洗起來。

不愧是自然保護區，這裡的溪水相當清澈，不僅可以清楚地看清自己的鼻子眉眼，就連水底下的人的眉目也看得清清楚楚……

等等，水底下的人？

赫諷頓了一秒，再次彎腰看去。

水下，一雙大眼正死死地瞪著他。

一個女人，滿頭散開的頭髮在水下亂舞著，就像黑色的水草。被泡得發白浮腫的臉已經開始潰爛，眼睛更是只剩兩個空洞，一隻小魚從她的右耳游進，不一會，晃動著身軀從左眼裡游了出來。

「呵呵。」

赫諷輕笑一聲，閉上眼。真是太陽太大，都產生幻覺了，難道是昨天晚上恐怖小說看太多了？

一秒後，他再次睜眼瞧去，依舊與一雙死不瞑目的眼睛對視。

「啊啊啊！」

以史上最快速度後撤，赫諷發出了連自己都預料不到的男高音。

他剛退到溪邊，身體站立不穩快要倒下時，被人穩穩地扶住了。

「閉嘴，安靜。」

一個不陌生的聲音在耳邊響起。

隨即，赫颯看到九十五分男從自己身邊走過，走到剛剛發現女水鬼的地方，靜靜望了一秒後，從背包裡掏出一個足以裝下一人的尼龍袋。

赫颯看著他俐落地搬起女屍，放進袋中，綁好袋口，甚至還晃了晃試試牢固。

做完一切後，九十五分男又掏出手機，撥通一個號碼。

「已經找到了。」

「嗯，等一下就送過去。」

赫颯目瞪口呆地看著，原來他要找的竟然是一具屍體！

九十五分男拖著尼龍袋，走到餘驚未退的赫颯身前。

「做事。」

他將裝屍袋推到赫颯面前。

「一起把它搬回去。」

「……」

赫颯只能在心裡發出無聲的吶喊。

搬個頭啊！

半小時後，赫颯終於發現眼前的撿屍男不是自己的同事，而是頂頭上司時，又再慘叫了一陣。

這位上司有一個很適合他的名字——林深。

第二章　有此業障

綠湖林業管理公司，實際上是一個國營事業，下屬林務局。

原本該公司的職責是照顧這片原始林裡的所有野生動物、珍貴樹木及其他稀有自然資源。而現在，其公司的職責已經不同了。

至於有什麼不同呢……

赫諷氣喘吁吁地跟著頂頭上司將一袋女屍扛回小屋，不敢置信自己所聽到的。

這家林業管理公司現在的副業，就是撿屍體。

是的，撿屍體。

回小屋的路上，林深告訴赫諷，近年來尋死的人實在太多，所以守林人額外多了一項職責——負責巡邏森林，看是否有人試圖自殺。

及時發現的，把人勸回來再說；若為時已晚，就視屍體的腐化程度處理。

如果屍體已經白骨化，分辨不出死者身分，就原地掩埋。至於像今天這具女屍，是家屬要求尋找的，守林人就必須把屍體帶回來供其認領。

所以，綠湖林業管理公司其實也有一個別稱——屍體認領局。

看著赫諷半天喘不上氣的模樣，林深皺著眉道：「體力不行，膽量不夠大，也沒有足夠的判斷力。」

赫諷喘著氣，耐心地聽完對方說的一大堆缺點，然後準備在下一秒瀟灑地拍拍屁股走人，告訴他，老子不幹了，你愛找誰找誰去吧！

誰知道，林深丟下的最後一句話竟然是——

「空房間是最左邊裡面那間，你可以直接住進去。」

說完，他就轉身整理起裝屍袋。

「等等！」

赫颯有些不明所以。

「什麼事？」林深不耐煩。

「你剛才說了我那麼多缺點，我以為你對我很不滿。」

「事實上，你沒理解錯，我的確對你很不滿。」

「那你為什麼還錄取我？」

林深看著他，一字一句道：「因為你是三個月來，唯一一個來應徵的，我沒有別的選擇。」

「……」

「你的那些缺點，我會通過訓練幫你矯正。」

赫颯一點也不想問所謂的訓練是什麼，他只覺得來這裡應徵是一個十分錯誤的決定，所以滿心想著要拒絕錄取，立刻走人。

「林先生……」

「林深。」

「林深先生……」

「叫我林深。」

赫颯深呼吸，再次開口：「林深，關於你剛才錄取我的決定，我想我們還需要……」

砰咚！

似乎是什麼重物落地的聲音，赫颯低頭一看，瞳孔猛地縮緊。

那具被泡爛的女屍被林深從尼龍袋裡搬出來，放在木地板上，很快就弄濕了一大片地板，而且同時還不斷地向外流著水，不知道是溪水還是別的什麼不明液體。

赫颯不著痕跡地退了一步，他看見林深面不改色地擺弄女屍，對這個人的評價又再次升到另一個等級。

能毫不在意地做這種事的人，不是變態就是殺人狂……不管林深是哪一種，自己都得盡快離開這裡。

「林深，有句話我不得不說……咦？」赫颯突然停頓了，視線停留在女屍身上，「她、她竟然穿的是……」

「泳衣。」林深冷冷地道，「她家人說她離開時只帶著泳衣和一些錢，林外的旅館說有位女客人三天前進了林後就沒再回去，所以我才會想去溪邊找她。我認為，她會在那裡自殺。」

赫諷一愣：「這女人，是自殺而死的？」

「準確地說，是在水中窒息死亡。」林深已經將女屍擦乾淨，甚至拿出一條乾淨的毛毯將她裹上。

赫諷雖然不知道他這麼做的用意，不過內心還是很感謝他，不然以後再看見穿泳衣的美麗女子，心裡就會有陰影了。

將女屍用毯子包上後，林深又把她搬上了沙發，仔細地整理好儀容，像是在打理自己的愛人那樣溫柔細心。

赫諷不明白他這是怎麼了，一路上女屍都不知道撞到樹幹跟地板幾次了，現在這麼細心地整理，是要幹嘛？

下一刻，他就知道答案了。

「芸芸！」

小屋的門被猛地推開，一個紅著眼眶的中年女人衝了進來。

在看見沙發上的女屍後，她突然止住了聲音，幾秒後，發出了像是從喉嚨中擠出的嘶喊。

「不！我的女兒！我的芸芸啊！我、我……」

眼看女人就要承受不住地癱軟在地，跟在她後面進來的幾人連忙扶住了她。其中像是她丈夫的中年男人，安慰了妻子幾聲後，才向林深他們走來。

「林先生，謝謝你幫我找到了女兒。我和我太太已經找了好幾天了，沒想到最後還是……」

他的聲音似乎有些哽咽，沒再繼續說下去。

林深點了點頭：「你們要直接帶她走嗎？」

赫颯不由側目看了他一眼，這傢伙簡直冷靜得可怕，難道他就沒有注意到屋內的氣氛嗎？不會安慰幾句嗎？

但要說林深真的不在意，剛才也不會幫女屍整理遺容了吧？這明顯就是在考慮家屬見到屍體時的心情啊，真搞不懂這傢伙在想什麼……

只見芸芸的父親道：「給我們一點時間，將芸芸打扮整齊了，我們就帶她……帶她回家。」

接下來的時間，赫颯就和林深在一旁看著。

這對夫妻將女兒一點一點地清理乾淨，替她擦去身上的髒汙，清理開始腐爛的地方，換上了新的衣服，甚至那位母親還給她女兒重新綁了個髮型。

在一切收拾妥當後，這對夫妻才起身，向林深告辭。

這時，外面的天空已經暗了下來，夕陽漸漸沉下。這對夫妻還要走一個半小時的山路，將女兒送到林外。

見兩人一臉疲憊，精神上還承受著如此大的打擊，赫颯實在不願想像，他們今晚要怎麼度過……

不過回頭去看，林深倒是一臉平靜，似乎毫無波瀾。

赫颯想，難道他是見多了這種場景，所以心裡已經看淡生死了？

不過，一想起剛才那位母親顫抖著手為女兒梳髮的場景，赫颯卻是感嘆。

「這家人還真是可憐。」

「一點也不。」

出乎意料地，林深竟然接話道：「可憐的只有被留下來的人，死了的傢伙倒是一了百了。」

「怎麼說也是死者為大啊，說不定她也有自己的苦衷……」赫颯幾乎是想也不想就說道。

誰知，卻遭了一個白眼。

「再大的苦衷，都比不過她自殺給家人帶來的痛苦。」林深冷冷道，「選擇死亡的懦夫，沒什麼好值得同情。」

林深的態度意外地冷酷，赫颯有些目瞪口呆。

「身體髮膚受之父母，她的命不僅僅屬於她自己，更是屬於她父母的，她沒有資格這麼簡單地決定放棄它。」

語閉，林深轉身就向房間裡走去。

赫颯愣了一會，也跟著反應過來，時間已經不早了，他也該儘早離開啊！

「你要去哪？」

還沒移動幾下，林深就像是人形雷達一樣發現了他的動靜，從房裡走了出來。

「我、我要回——」

赫颯原本還有些心虛，可一想自己又不欠他什麼，正打算再次開口，林深就說話了。

「天已經快黑了，你確定要趕夜路？」

「呃……」

「這裡是森林保護區，晚上可能還會遇到熊。」

「這個……」

「說不定你運氣夠好，能在路上遇上另一個自殺者的屍體。上個禮拜，我下山時就順便撿回了兩具，要試試嗎？」

「……我想留下來，可以借宿嗎？林深先生。」

赫颯咬著牙，欲哭無淚。

「是林深。」

林深嚴肅地糾正他。

「這裡不是旅館，不提供借宿。」

然後，下一句就是：

「但如果是員工，可以免費住宿。」

赫颯抬頭，看著對方那張面無表情看似無辜的臉龐，帶著最後一絲奢望問：

「那……有例外嗎？」

「有。」林深道：「如果是工作人員的家屬，也可以在這裡住下。」

他繼續解釋：「家屬的範圍包括伴侶、情人、炮友，而現在任職的工作人員只有我一個。」

最後，他看著赫颯問。

「你想以什麼身分留下來？」

第三章　緣起時起

赫颯是林深的伴侶、情人或炮友嗎？

顯然不是。

雖然他平時很沒有下限，但還不會為了一晚的住宿就出賣肉體。

那麼，赫颯有留下來嗎？

在簽了一系列吃人不吐骨頭的合約後，赫颯終於得到了留宿許可。

當晚，他拿著林深從倉庫裡抱出來、帶著霉味的被子，赫颯安慰自己，大丈夫能屈能伸，不就是一時的屈服而已嗎！明天起床後，就又是一個自信滿滿的人了！

在林中小屋的第一晚，赫颯帶著滿腹的牢騷睡下。就連夢中，林深那個討人厭卻好看的臉孔還是陰魂不散，氣得赫颯睡得十分不安穩。

第二天，赫颯是被一陣鳥鳴吵醒的。清脆的鳥鳴聲從窗外傳來，時高時低，忽而婉轉忽而悠揚，讓睡夢中的他以為自己正在音樂會上聽交響曲。

當他睜眼看見木頭屋頂時，睡夢中的優雅鋼琴家、美女小提琴首席都和他揮手說再見了。殘酷的現實告訴赫颯，他現在是在一座深山老林，睡在一間早八百年就被現代人拋棄的木屋裡。

起床簡單梳洗後，赫颯就準備去向林深提離職了。沒想到，在屋內轉了大半天都找不到人。

這間小木屋也就三、四個房間，真不知道林深是去了哪裡。

赫颯找了半天，猛拍自己腦袋。真是傻了，人不在屋裡，當然是在屋外啊！他向屋外走去。

今天的陽光似乎特別好，赫颯還沒有走出木屋，就感受到外面的陽光燦爛。

木屋是被一圈樹木圍繞著的，在屋子和樹木間留著一個不小的空間，就像是一個天然的庭院。昨天來時還沒有注意，在早晨的明媚光線下，赫颯看到這小院裡種著不少花草，也有食用的蔬菜水果，不過大多數他都講不出名字。

找到林深時，他正蹲在一片菜地裡，赫颯看不出他滿手泥地在幹嘛，只好等對方告一段落後，才出聲喊他。

「林……」

「你來得正好。」

林深像是背後長了眼睛，將一袋東西穩穩地扔了過去，赫颯下意識地接住。

「幫我去另一邊的番茄田裡施肥。」

赫颯愣住，看著手裡的不明物體。

「化學肥料嗎？」

林深似乎懶得轉頭解釋了，直接道：「天然肥料。」

天然肥料？

赫颯想著，臉色立刻就發青了。

「不過不是你的，也不是我的，是樹林裡動物的。」林深補充了一句。

這麼說，這袋天然肥料不是人類排泄物，而是自己昨天一路上踩到的那種了！

赫颯的臉色總算好看了一點，雖然只有一點。

不過，他並不打算被林深使喚，正要拒絕的時候，不遠處傳來了另一個人聲。

「小林在嗎？」一個五十多歲的老人邊問邊走了進來。

下一秒，赫颯見到了林深奇蹟般的變臉。

「我在這，王伯伯。」

林深站起來，迎了上去，並附送一個無比燦爛、超級清爽、任誰看了都會覺得他是個大好青年的爽朗微笑。

見狀，赫颯傻眼了。

那邊，王伯和疑似林深分身的傢伙繼續對話著。

「這是這個月的米，還有油。對了，我太太還讓我多帶了點新鮮的肉給你，都是自家養的。」

「王伯，我吃不了這麼多，你們留著吃就好。」

「拿著！你還在長身體呢，老吃蔬菜怎麼行！你要是不收，回去我會被我太太罵死。」

赫颯在懷疑自己的耳朵，林深看起來年紀也不比他小，至少有個二十五、六歲吧?二十五、六歲的人還在長身體?他發育得有多晚啊……

大概是赫颯盯著他們看的視線太過火熱,王伯總算注意到還有一個人在現場。轉頭見到陌生的面孔,王伯憨實的臉上露出困惑。

「小林,這位是?」

「新來的員工。」林深十分簡單地介紹,「赫颯,昨天剛來。」

「哦哦,小赫啊!」王伯笑咪咪地道,「剛來就能幫小林做事啦?不錯不錯,是個認真的孩子!」

「我……」

赫颯想解釋什麼時,瞥見自己手上拿著的天然肥料,暫時閉上了嘴。

這時候,說什麼都沒用。

「對了,小赫以後也要住在這裡了吧?多了一張嘴吃飯,以後食物的消耗就更多了,別跟我們客氣,這點肉還不夠你們吃一頓的,收著吧!」

王伯硬是把東西塞進林深手裡,林深笑了笑,似是不好再拒絕。

「王伯伯,幫我向王阿姨說聲謝謝,等過幾天有空,我再去你們田裡幫忙。」

「我們還有力氣呢,哪需要你來?先走啦!」

拒絕了林深的挽留,王伯非常乾脆地離開了。來的路上,身上帶著給林深的食物,現在一身輕鬆,他卻帶著一臉的笑容回去了。

直到王伯的背影消失眼前，林深才收回目光。

「怎麼還沒施肥？」

這語氣，完全是一百八十度大轉變。

赫颯總算明白了，敢情終於棋逢對手，遇到一個比自己還能演的傢伙。

「你剛才……算了。」本來想問什麼，赫颯不想多事，直接道，「我想下山了。」

林深的眼神立刻暗了下來，打量著他。

「睡過了就想走人？」

這句話聽起來怎麼怪怪的……

「我覺得這份工作不適合我。」赫颯耐心地解釋：「像你說的，我膽量不夠，體力也不行，還有很多問題……」

最重要的是，他根本不想在這荒山野地待下去了！

「總而言之，林先生還是另外找人比較好。」

「……」

見對方沉默，赫颯開始擔心是不是自己說得太直接了。

「林深。」

「嗯？」

「我說過了，直接喊我名字。」林深看著他，「我不喜歡繞圈子，不用這些客套的稱呼。」

那剛才你還一口一個「王伯伯」？赫諷腹誹。

「好吧，林深，總之雇用的事情我們都需要再考慮一下。」

「每個月底薪三萬。」

「我們先冷靜一下……」

「食宿免費。」

「思考一下自身的問題，究竟合不合適……」

「如果你現在就答應，我可以跳過試用期，讓你現在就成為正式員工。」

「還需要認真考……你說什麼？」赫諷瞪大了眼。

「不需要那些錄取程序，你直接把行李搬來，就可以開始上班了。」林深回答他的問題。

「我沒有行李。不對，我真的不太能適應這份工作啊……」

「人的適應能力很強，不要小瞧了人類。」

「以後再去森林裡巡邏的時候，萬一我對其他人類那已經失去生命徵象的肉體再產生某種複雜的心理變化……」

「如果你怕屍體，可以躲到我背後。」林深說，「暫時，我會負責你的安全。」

聽見這個回答後，赫諷悄悄鬆了口氣，似乎沒聽見林深說的「暫時」兩字。

「不是害怕，我只是不忍心見到同類的淒慘模樣。」

說起來，赫颯最初看上這份工作，不就是因為待遇好、門檻低、還包吃住嗎？為什麼要拒絕一個這麼好的機會呢？屍體什麼的，見多就習慣了吧！

死人再難對付，會比活人還難嗎？

赫颯下定決心說服自己後，一切問題就不再是問題了。

他對林深露出了堪比太陽的燦爛微笑。

「那麼，從此以後請多多指教了，老闆，不，林深。正如昨天介紹的，我叫赫颯，目前是無業遊民，不過一秒前剛找到工作，希望以後合作愉快。」

林深看了他一眼，握住他伸出的手。

「我也希望。」林深提醒他，「不過首先，把你手裡那袋肥料澆到田裡去，這是你的第一份工作。」

他不提醒，赫颯都忘記自己還拿著一袋排泄物了，連忙動作起來。

施肥過程中，他見林深提著兩大袋米，還有其他雜物進屋。

突然心底升起一股好奇。

「你和山腳下的農民，關係很好？」

林深兩手都抓得滿滿的，用腳踢開門，聽見問題似乎頓了一會，許久才回答。

「誰知道呢⋯⋯」

他進屋，沒有人拉著的木門又在赫颯面前重重關上。

赫颯低頭看了看手裡的天然肥料，抬頭看著四周一圈茂密的樹林，再向上看，藍天白雲，一片晴朗。

「今天天氣不錯嘛！」他邊說邊把肥料撒下去。

五分鐘後，屋外傳來一聲咆哮。

「赫颯，我是叫你施肥，不是叫你扔肥！」

兩個大男人在森林中的同居生活，在這聲吼叫中拉開帷幕。

第四章　尋死的人（一）

早餐是煎蛋，煎蛋時不能放太多油，也不能太少，蛋黃要保持半熟狀態，不能全部煎熟。

滋滋滋……

平底鍋發出陣陣聲響，有香味飄了出來。

站在瓦斯爐前的人一手拿著書，另一隻拿著平底鍋，念念有詞。

「鹽，少量。」

「胡椒，可放可不放……」

林深從屋裡出來時，就看到一個高瘦的人影站在廚房，像女巫一樣一邊念叨著，一邊晃動著手中的平底鍋。

「喂，你吃不吃辣？」那人聽到他的腳步聲，回頭問了一聲。

林深搖了搖頭，又見對方回過身去沒看到，開口道：「我喜歡清淡點的。」

「好。」赫諷回應。

五分鐘後，他便端了一盤煎蛋上桌。煎蛋呈金黃色，脆而不焦，嫩而不老，中間的蛋黃還在微微晃動，令人食指大動。

「有牛奶嗎？」

林深指了指冰箱，赫諷跑過去，只看見一瓶瓶裝牛奶，看了下離過期還有幾天，不喝恐怕就會壞了。

當他拿著杯子和牛奶回去時，見林深還沒有動筷子，只是盯著煎蛋看，似乎是在研究什麼。

「怎麼樣，我的廚藝還行吧？」

林深抬起頭，想了想。

「從前天熬乾的粥、昨天晚上的鹹飯來看，我不敢相信這道是你做的。」

呃，這算是表揚嗎？

赫颯笑了笑，管他是不是，自己就當作是讚美收下了。

「我的進步肉眼可見。」他將倒好的牛奶一人一杯放在兩人面前：「比起之前天天吃泡麵、麵包，你該知足了。」

想起一個禮拜前兩人的三餐，赫颯就是一副往事不堪回首的表情。

來到這裡的第一天，林深盡了地主之誼——泡了兩包番茄牛肉麵給他吃。那時赫颯也沒多想，只以為林深是沒時間做飯，將就著吃掉了。

沒想到第二天，連早餐、中餐都是番茄牛肉麵時，他終於忍不下去了。

「我們就不能換一個口味嗎！」他問。

那時正在廚房裡的林深認真思考了一下，放回了手裡剛剛拿出的兩袋子泡麵，接著打開了另一個櫃子，拿出了兩包酸菜牛肉麵。

從那時候起，赫颯就明白了，大概在林深的腦袋裡換個口味就是指換一種泡麵而已，因為這個傢伙活了二十幾年唯一會做的，就是泡麵！

在那之後，兩人的三餐就由赫颯強行負責了。經過幾天的試驗後，總算做出了能下口的飯菜。

自此，赫颯的肚子脫離了泡麵和焦飯的折磨。

「你學過做菜？」林深夾起一個煎蛋，蛋黃不小心被他夾碎了，緩緩地流了出來。

赫颯心痛地看著他浪費美食，順口回道：「沒有啊，你不也看見了，我是這幾天剛學的。」

咬下一口煎蛋，林深評價道：「那你很有天賦。」

「哈哈！」赫颯毫不謙虛，「謝謝，你是第一百零一個這麼說的人。」

林深停下了咀嚼，打量他，見赫颯一副認真的樣子，完全不像是故意炫耀或是開玩笑。

第一百零一個，他是每次都認真數過嗎？還有之前那一百個人，到底是怎麼誇他的？這麼說出來，他就一點都不害臊嗎？

想了想，林深還是把嘴裡的話吞回去了。為了以後的三餐著想，他決定保持沉默。

用完早餐，赫颯心想，大概又要開始例行的巡林了。

綠湖森林占地很廣，以一般人的腳程，如果全部巡邏下來，起碼也要花上三天時間。因此林深一般都是帶著他每天巡邏一個區域，一週下來，差不多整片森林都巡邏了一遍。

正式工作的第一週，不知道是運氣好還是人品好，赫颯竟然沒再遇見半具屍體，他們就跟正常的守林人一樣，只是簡單地巡林而已。

讓他不由得懷疑，一週前的事是不是都是自己的錯覺？這個森林其實沒有那麼多想不開的人來尋死。

然而，今天用完早餐，林深做的第一件事竟然不是找他巡林。

「下山？」

赫颯驚訝。

此時林深已經換好了衣服，他幾乎常年就穿那麼一件深色襯衫，工作時就會換上守林人的工作服。

林深沒有向赫颯解釋理由，只道：「一分鐘後出發。」

說著，他已經走向門外了。

赫颯只來得及回去換了件外出服，出來就見林深一副不耐煩的樣子。在看到他出來後，林深頭也不回地向外走，似乎是料定赫颯會立刻跟上來。

心裡暗罵一句，赫颯小跑著追上他。

「為什麼要下山？」赫諷問。

在他看來，林深就完全是個林中宅男，如果不是有巡林工作，他應該連木屋都不會邁出一步。

「做準備。」林深答，「馬上就是高峰期了，我得下山去看一下。」

高峰期？

赫諷臉色白了白，千萬不要是他想的那種高峰。但他同時也有預感，一定是他最不想面對的那種。

悲劇的是，赫諷知道自己的預感總是好的不靈，壞的靈……

兩人花了將近兩個小時的時間下山，雖然森林裡的路不是那麼陡，但也不太好走。等到達山下的小鎮，已經到了午餐時間。

林深並沒有帶著赫諷直接去鎮中心，而是走向鎮外的派出所，似乎是和這裡的員警有什麼工作上的交流。林深進去時，吩咐赫諷去鎮上買些牛奶和其他調味品，這些東西都是小木屋裡缺的。

赫諷便拿著公款去購物了。

因為他是生面孔，長得又不錯，在鎮上裡引起了不少關注。其中百分之八十來自女人，百分之十來自男人，剩下的百分之十則是小孩。

鎮上只有幾間小店，都是居民自己開的。

赫諷隨便選了一家，進門時對收銀臺邊的老闆娘露出禮貌的微笑，然後在老闆娘羞怯又好奇的眼神下，在一排排架子間選購。

一分鐘後，他帶著一大堆調味料及生活用品去結帳，老闆娘算出是兩百七十塊錢。赫諷掏出三百來結帳，找回五十。

「哎呀，正好沒有十塊零錢了。帥哥，那我這次算你便宜一點，記得下回再來光顧啊！」老闆娘笑得燦爛。

「這怎麼行！」赫諷連忙退回一罐醬油，「阿姨，我不能讓你做虧本生意。」

「我說沒關係就沒關係，快拿走吧！」老闆娘大概很久沒聽到喊自己阿姨，眼神都化成一攤春水了。

赫諷笑不露齒，盡顯紳士風範，還是把醬油放著離開了。

一邊走出店面，他還能感受到老闆娘黏在自己身上的視線。

這筆買賣其實不虧。為了一時的利益而去占小便宜，不符合赫諷的原則。他喜歡的，向來是放長線釣大魚。

大概下次再來的時候，這位老闆娘會親切許多。那麼多接觸幾次後，他就能在鎮上結交到一位熱心好客又有人脈的朋友，再想要融入這個小鎮，了解鎮上的消息就會方便許多。

比如，林深和鎮上人的關係究竟是怎樣？

這些事即使不能去問本人，赫颯也可以慢慢知道。

提著一袋子東西，赫颯心情不錯，正要過馬路的時候卻猛地被人從身後撞了一下。為了保持平衡，赫颯只能向左邊倒，可是萬一手裡的袋子撞到牆上，裡面的瓶瓶罐罐豈不是要碎光了？

此時，一隻手穩穩地伸出來，先是拿過袋子，然後才去扶赫颯。

「怎麼路都走不穩？」林深的聲音傳了過來。

赫颯不想理這個重物輕人的傢伙，他第一時間就是想去看究竟是誰這麼莽撞，自己這麼大一個人走在街上，還要撞過來。

等他抬頭去看時，已經看不到人影，街上只有他和林深兩人。

「不用看，人已經跑遠了。」

林深接過袋子。

「個頭不高，應該是個小孩。」又看了看前面的路，林深語氣莫名道，「跑去山裡了，如果運氣好的話，我們能在回程遇到他。」

赫颯一愣：「你的意思是？」

「外地人、行色匆匆、獨自一人上山……」林深不在意地提著袋子走在前面，「你覺得還有什麼可能？」

「那你……」赫颯想問，你不急，你不在意？就算無所謂，但是多了一具要收的屍體也是負擔啊！

「一心尋死的人，誰都攔不住。」林深拿眼角瞥了他一眼，「而且他是死是活，和我有什麼關係？」

「……」

「比起這個，我剛才算了一下，這袋子裡的東西是兩百三十元，你只找了五十元給我。」

「還有二十塊我拿去買口香糖了，不行嗎？」

林深點點頭，「從下個月的薪水裡扣。」

赫諷無語了，只是在心裡的記帳本上又默默補充一條——林深，面熱心冷，斤斤計較，其餘特質有待挖掘。

兩人繼續向山上走去。

「口香糖。」

「什麼？」

「給我一片。」

「……」

第五章　尋死的人（二）

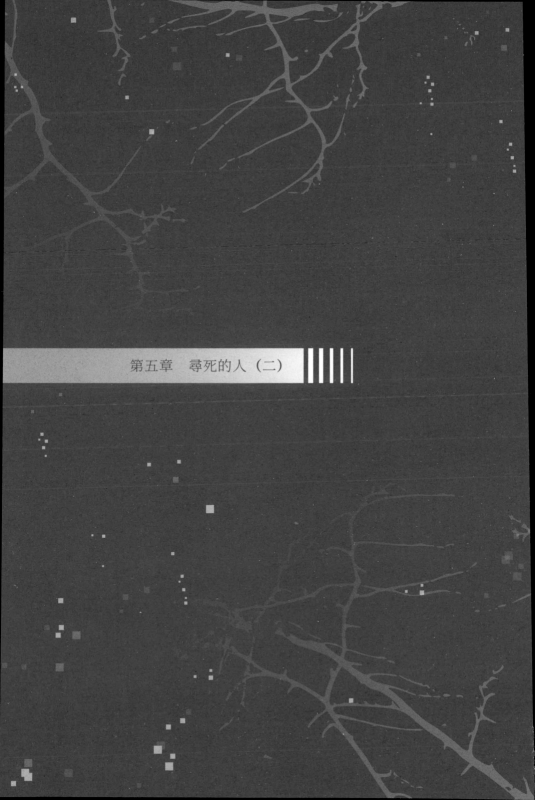

由於實在交不出口香糖，最後赫諷只能實話實說。

不過出乎意料的是，林深得知真相後竟然沒有再追究。這個連二十塊都要從他薪水裡扣的男人，對於他私自決定放回一瓶醬油這件事，竟沒有多說什麼。

「那個……我初來乍到，也不好為難人家嘛。」赫諷解釋道，「況且多和鄰里打好關係，也是很重要的一環。」

當然，打好關係以便向鄰居打探林深的八卦什麼的，他打死都不會說的。

林深點了點頭，似乎表示理解。

赫諷鬆了一口氣。

「你不必和我解釋。」林深接著道：「既然是你自己做出的決定，這個損失就由你負責。至於你究竟是怎麼想的，我沒興趣知道。」

赫諷啞然，好半晌，才吐出一句。

「你，究竟在山上住了多久啊？」

說話完全不顧忌別人，也不給面子，說白了就是冷漠無情，哪有對剛錄取的員工這麼直接的？就算心裡這麼想，好歹也在話語上修飾一下。

赫諷嚴重懷疑林深忘了點人際關係這項技能。

不過，前陣子聽他和王伯的對話，似乎還算正常啊。

瞥了深思的赫諷一眼，林深沒有回答，只是繼續往前走，東西依舊拿在手上，並沒有還給赫諷拿。事實上，赫諷對山路還不熟悉，拿著一袋重物很有可能一不小心又摔倒。

林深似乎是注意到了這點，就沒有讓他拿重物的打算。不過這種細心究竟是出於對員工的關愛，還是以得失為最先考慮，就不好說了。

赫諷猜測，極大可能是後者。

兩人走到半山腰時，天色已經不早了，不知何時天空東南方聚集了一片烏雲，似是有下雨的預兆。

「起風了。」

走在前面的林深突然道：「今天晚上會有暴雨。」

「是啊。」赫諷漫不經心地回答，「那要趕回去收衣服嗎？」

「下了雨後，地上的痕跡都會被沖乾淨。」林深接著道。

赫諷莫名其妙，他突然說這個幹嘛？

下一秒，他就看到林深將東西塞到自己懷裡，突然跑走了。

「喂，你要去哪！」

跑遠的人影並沒有回答，直直鑽進了樹林中。很快，幾個轉彎後，就不見了身影。

拿著一袋東西的赫諷，十分無語。

事！

這個林深，還真是一點都看不透他，總是毫無預兆地做一些令人摸不著頭腦的事！

赫颯只能提著袋子繼續前進，將近半個小時後，他回到了小屋。

外面果真還曬著幾件衣服，赫颯將袋子放到廚房後，就出去收衣服。

收下一條有些陌生的黑色四角褲，赫颯心想，自己竟然覺得這樣沒什麼大不了。

自從他來到這裡後，收衣服之類的雜事林深都叫他做。別人的內褲什麼的，他已經有免疫力了。

這再次證明了人的適應能力果然很強。

轟隆隆！

一道悶雷炸在頭頂，幾乎就近在咫尺。

在山上，似乎離那些烏雲也近了許多，就連雲層裡正在醞釀的一道道雷電都能隱隱看見。

「不好。」

摸著額頭上的一滴水珠，赫颯感覺到了紛紛落下的小雨，趕緊轉身，想要將收衣服的籃子拿回屋內。

天色徹底暗了下來，明明才下午三、四點，卻暗得像是深夜。山上的雨格外驚人，連下雨的氣勢都不同凡響。

窸窸窣窣……

屋旁的灌木叢中像是有什麼聲響。

跑到門口的赫颯動了動耳朵，懷疑是自己幻聽。可下一秒，他親眼看見灌木叢動了一下，似乎是有什麼東西藏在裡面。

不是吧？

他緊靠著門，同時打量著周圍有沒有可以當成武器的物品。

該、該不會是熊跑來躲雨吧？

找到一隻掃把，赫颯緊緊握住，同時將收衣服的籃子擋在身前，戒備地看著晃動的灌木叢。

窸窸窣窣……

灌木晃得更厲害了，看其晃動的痕跡，似是有一隻體形不小的動物逐漸靠近。

沒過幾秒，一個黑影跳了出來！

就在這時，赫颯一手拎起籃子扔了過去，精准地罩在動物頭上，同時右手握住掃把，邊喊邊用力地打了下去！

打中了！

「唔……好痛！」

等等，熊應該不會說話吧？

赫颯目瞪口呆，有些忐忑地看著那個被罩在一堆衣服下，還在蠕動的不明物體。自己剛剛打中的，不會是個人吧？

「打得好。」

正在他發呆時，林深帶著一身的樹葉，也從灌木叢裡鑽了出來。

「我把他趕到這來，就想你應該能抓住他。」林深難得地表揚道：「幹得不錯。」

趕？

赫颯注意到他用了這個詞。

「你在趕熊？」

林深白了他一眼：「赤手空拳地趕？」

誰會做這麼白痴的事？

「呃，那……這個傢伙是什麼？」

代替回答，林深上前拿走籃子，在那衣服堆下，漸漸冒出一個黑漆漆的腦袋——活人的腦袋。

還是一個小孩，赫颯看到那小孩右臉頰上有一塊紅印，那印子和掃把的柄的形狀實在很吻合。

不動聲色地將掃把扔到身後，赫颯走上前，對著那小孩溫和道：「你還……你沒事吧？」

「呸呸呸！」

吐出嘴裡的幾片葉子，這個被赫颯當成是熊的倒楣孩子終於說話了。

「你們這兩個渾蛋，竟然敢把我弄得這麼慘！他媽的，就不要被我逮到！逮到了我一定要把你們……唔唔唔！」

看著林深用衣服塞住少年的嘴，赫颯嘴角抽了抽，終於勉強保持住了臉上的笑容。

他抬起頭，看著罪魁禍首問：「這麼個臭……這個小孩你是從哪裡拐來的？」

「不是我拐來的。」林深道，「這傢伙本來就躲在山上。」

赫颯一愣：「難道是……」

「就是今天中午撞到你跑掉的那個傢伙。」林深說：「然後剛剛，我費了大半天的工夫才找到他，將他從樹林裡趕到這裡。」

「呸！」那少年吐出衣服，「你找我幹嘛？我有叫你找我嗎！都是你壞我好事！渾蛋、豬頭、王八——」

這回捂著小孩嘴的是赫颯，對著少年笑著道：「再說髒話，小心我把這個塞你嘴裡。」

他晃了晃手裡拿的東西，正是一條黑色內褲，林深的。

「嗚嗚嗚嗯唔唔！唔唔唔！」被捂住嘴，小孩只能發出嗚嗚嗚的聲音。

「是啊，我真的敢這麼做。」不知怎麼聽懂了，赫颯威脅道。

「你再不聽話，我還可以找到更多的東西來堵你的嘴。你知道這山上都有些什麼嗎？別的不多，動物的糞便倒是很多。啊，我記得屋子後面還有一個化糞池，要不要把你扔裡面去？」

「……」

初出茅廬的少年，在惡魔的微笑下，嚇得動都不敢動。

「我鬆開手，你不准反抗不准罵人，明白嗎？」

「唔唔唔！」

赫颯看著拚命點頭的少年，試著鬆了鬆手。

「你這個大——唔！」

赫颯飛快地將什麼東西扔進了少年大張的嘴裡。

少年愣住了，也噎住了，等他明白是什麼東西進了自己的嘴後，臉色突變，兩眼一翻，暈過去了。

「這麼不經嚇，難道真的做得太過火了？」

赫颯嘖嘖感嘆著。

突然，覺得身後有一股莫名的寒意，從背脊直竄而上。他有些僵硬地轉頭，看到林深那張宛如幽鬼的臉正盯著自己。

「我的內褲？」

「呃……」

「還是昨天剛洗的那條。」

「林深，聽我解釋，這也是事出突然……」

林深點了點頭，嘴角微揚。

他一做出這個表情，赫颯心裡就咯噔了一下，暗叫糟糕。

「我說過，你做的事我不計較理由，只要你自己承擔責任。」他眼睛瞥了一下，「至於這條內褲……給你兩個選擇，買一百條新的給我，不然就是從今天開始，負責幫我洗內褲一百次，自己選吧。」

林深撈起地上昏迷的少年進屋了，留下赫颯僵在原地，臉色鐵青。

買一百條內褲？他這個連下個月薪水都還沒著落的人，哪有錢買？

幫林深免費洗內褲？這簡直比世上所有女人都出櫃了還讓他絕望！

可是，他好像沒有選擇了。

轟隆！

像是要配合赫颯此時的心境，雷電交加，一道閃電劃過天際，照亮赫颯慘白的臉色。

大雨，滂沱而下。

第六章　尋死的人（三）

收拾落了一地的衣服回到屋內後，赫颯看見林深和少年已經面對面地坐在桌邊了。

少年的臉色依舊蒼白，顯然還未擺脫剛才的陰影。見赫颯進屋，他肩膀顫了顫，眼裡的情緒先是害怕，後來又變為憤憤不平。

赫颯抿了抿嘴，帶著一籃被雨淋濕的衣服向他們走去。

「內褲的口感如何？」

他路過少年身邊時，不慌不忙地來了這麼一句。對方身形一僵，扭過頭不再去看他。

赫颯心裡偷笑，這種叛逆期的少年，根本不是他的對手。

「你們這是非法拘禁！」雙方沉默許久，少年率先開了口，「對未成年人做這種事是要坐牢的！小心我去告你們！」

真是臭小鬼，仗著知道幾點法律知識和年紀小，就無法無天了。赫颯看林深不打算有所動作，只能無奈地自己上場。

「我們哪裡有非法拘禁？」他故作不解地左看右看，「而且我也沒看到有什麼天真可愛的未成年人，這裡只有一個……」他看著少年，輕笑一聲。

「一個自殺不成，被我們逮回來的膽小少年。」

「你說什麼！你這個——」少年剛想罵髒話，看到赫颯手裡還端著的籃子，想起剛才的遭遇，他一頓，把到嘴邊的話咽了回去。

「你哪隻眼睛看到我是來自殺的？這是今天天氣好，我出來隨便晃晃不行嗎？」

「天氣好？」

赫颯看著窗外雷電交加、暴雨陣陣的景象，對著少年挑了挑眉。

「最起碼我早上出門的時候，天氣還是不錯的……」自知理虧，少年的聲音越來越低，「反正我不是來自殺的，你們怎麼問我都不會承認的！」

「說謊。」

「什、什麼？」少年一驚。

一直沒有出聲的林深突然開口，並看著他。

「山下居民的臉我都記得，你不是住這附近的人。」林深說，「但是你卻清楚知道上山的路線，明顯不是來隨便逛逛。」

「我之前來過不行嗎！」少年嘴硬，「就是山下那間旅館，我這次是住在那裡，今天是專程上山看風景的。」說完，他得意揚揚，似乎覺得自己的理由完美無缺。

「是嗎？那旅館對面那間店的店名是什麼？」

林深這突如其來的問題，別說是少年了，連赫颯都愣住了。

「我為什麼要知道那個？再說，誰會無聊去記一家小店的名字！」

「那間店前幾天重新做了招牌，之前來過的客人，不可能沒注意到換了一個新的顯眼招牌，除非……他根本沒去過旅館。」

「我、我走得匆忙沒注意而已！」

「那總該看見招牌的顏色了吧，紅色的那麼顯眼。」

「對對，就是紅色的，這個我還記得！」少年一聽，連連點頭，心裡還沒來得及得意，就覺得周圍一時安靜了下來。

他一抬頭，注意到那個問他話的大叔正一臉淡然地看著他，像是看穿了什麼。而在他旁邊，抱著籃子的壞心眼大叔看著自己，也連連搖頭。

少年茫然了：「我說錯了什麼？難道不是紅色的？可是剛才他也……」

「錯得離譜。」

赫諷搖搖頭，這個年紀的小孩想鬥過林深，根本天方夜譚。

「旅館對面根本就沒有小店。不僅如此，那附近都是住宅區，如果你真的住在旅館，你不可能不知道。」

赫諷心想，林深故意挖了個坑給少年跳，他還真的毫不猶豫地跳下去了。

「不了解鎮上的其他地方，唯獨對上山路線非常熟悉，獨自一人，又行色匆匆……」赫諷看了一眼林深，「現在又是自殺高峰時期……你說，我們不懷疑你懷疑誰？」

少年臉色蒼白，瞪大眼看著兩人。

「你們究竟是什麼人？」

「什麼人？」赫颯故意嚇他，壓低聲音道，「我們的工作，就是專門處理你們這些想不開的傢伙。雖然一般情況下只負責收屍，如果遇到沒死成或者還來不及死的人……」

他在脖子上比了一下：「也可以免費幫忙補刀。」

聞言，少年瞪大了眼，像是一隻受驚的小獸。

赫颯正有些覺得滿意，以為少年總算聽話時，只聽對面的小孩嗓子一扯，嗚哇一聲大哭了起來。

「妖怪！黑社會！殺人啦！」

震天的嗓門徹底將另外兩人鎮住，不愧是小孩，說哭就哭，聲音也猶如雷霆，連外面的雷電都為之遜色。

「我被壞人逮到啦！他們要吃人肉，要殺了我，嗚嗚嗚！我不要被大卸八塊，不要被吃！」

聽著少年越說越誇張，赫颯哭笑不得，這魔音穿耳實在是忍受不下去了。可不論他接下來怎麼勸說哄騙，少年就是不停。

無奈，他只能向林深求救。

林深沒有說話，但是他眼神裡的意思非常明顯——自己做的事自己解決。

拜託！弄哭這少年你也有份好不好！

赫颯有苦難言，只能開出條件：「解決他，我欠你一個人情。」

林深眉毛挑了挑。

「之前欠的債我認下了，我幫你買……幫你洗一百次內褲。」

「兩百次。」

什麼！

林深淡淡道：「漲價了。」

「……好，只要你讓他不要再哭就好。」赫颯咬牙，只能妥協了。

林深飛給他一個「你以為我是誰」的白眼，看著對面的少年，緩緩道：「他說得沒錯，我們的職責就是收屍。」

少年哭得更大聲了。

赫颯用眼神瞪他，這是要你勸，不是讓你惡化局勢啊……

林深不理他，繼續道：「不過一般情況下，我們帶回來的都是開始腐爛生蛆、甚至已經化為白骨的屍體，或者說是骷髏。有很多死屍在我們找到它前，已經被野獸給啃食過了。

「尤其是像你這樣的小孩，山裡的野狼和熊最喜歡了，在你死後，牠們會咬開你的腹部，將內臟全吃乾淨，再開始啃食你的四肢，最後只留下一個空空的頭顱。

「這裡的確是有吃人的怪物，不過不是我們，而是在外面的那片樹林裡。有可能在你自殺前，就成為了野獸的腹中餐。不過我想你應該不介意吧？反正都要死，白白送死還不如給野獸果腹有意義。」

他站起身，拉著少年就向外走。

「你要是真的想尋死，現在就可以出去了。我保證不用過一晚，你就會被啃得一乾二淨，滿意嗎？」

少年已經被嚇得哭不出來了，臉色鐵青。

「幹嘛不走，賴著做什麼？」林深回頭看他。

少年緊抓著桌子，甚至不計前嫌地向赫諷投去求救的眼神。看來比起赫諷，他終於知道屋裡最可怕的是誰了。

「不不不要……」見赫諷對他的求助無動於衷，少年終於像個真正的孩子那樣害怕起來，「我不要被野獸吃掉……嗚嗚，叔叔不要把我餵野獸……」

一張小臉哭得皺巴巴的，擠成一團，一邊流淚還一邊打嗝。

「我……嗝！不想死……嗝！不要把我餵……嗝！野獸啊……嗚嗚……媽媽不要我，你們也欺負我……我還活在這世上幹什麼……嗚嗚……」

看著少年哭得一把鼻涕一把眼淚，赫諷嘆了口氣，上前將他的手從林深那裡拽了出來。

小孩像看到救星一樣，立刻撲到他懷裡抽噎起來，小小的身體還一抖一抖的，令人心憐。

「不要再哭了。」

「嗚嗚嗚嗚……」

「再哭，就讓那個冷臉大叔把你丟出去餵野獸。」

「唔……嗝！」小孩又打了個嗝，連忙捂住嘴，也睜大眼睛不敢再哭。似乎十分害怕林深要將他丟出去，他怯怯地偷瞄著兩個大人的表情。

赫颯哭笑不得，這個時候的少年倒比剛才可愛多了。

「乖乖回答我的問題，知道嗎？」

「好……」

「你叫什麼名字，今年多大了？」

「邱米，十、十二歲……」

比想像中還小啊。

「為什麼要上山？」

「沒有人在意我，媽媽也不要我……」邱米的神色暗淡下來，「反正也沒有人關心我死活，我想不如死了算了。」

「為什麼要到這裡來自殺？」林深在一旁問。

邱米似乎是格外害怕他，老實回答道：「我在網路上問過，大家都說這裡是最好的，環境好人又少，是個很適合的地方。」

「大家？」赫颯皺眉：「你指的是誰？」

「大家就是……」邱米一臉天真地道，「就是和我一樣的人啊。他們人都很好，這次我出來，還都是大家幫我出的主意，也是他們告訴我這裡的。」

赫颯抬起頭，和林深對視一眼。

他們在彼此眼中看到了深思和疑慮。

難不成這個送死的少年背後，還有其他內幕？

第七章　尋死的人（四）

赫颯現在住在什麼樣的地方？

山林中的一座木屋。

這個荒郊野外，連用電都要用小型發電機，會有網路那種東西嗎？

答案當然是否定的。

自從來到這裡後，赫颯就沒上過網了，也沒見林深用過電腦。他們過著日出而作、日落而息的原始生活。所以即使邱米告訴他們，他是在網路上加入了一個自殺者圈子，並從中得到建議，他們也無法第一時間去調查。

因為這裡根本就沒有網路訊號……等等！

赫颯把手伸進褲子口袋，掏出手機。

「還好沒被雨淋濕……」他自言自語著，開機，看到右上角的訊號。

雖然很微弱，還是有一格訊號。

赫颯問小孩：「你說的那個集合自……集合你們這些同類人的網站叫什麼？」

邱米猶豫了一會，最後還是低聲報出了網站名字。

赫颯飛快地搜尋著。

林深頗為懷疑地看著他的手機：「這個，有用？」

赫颯對他笑了笑：「你可不要小瞧現在的網路，什麼亂七八糟的東西都找得到。」

果不其然，雖然網速有點慢，但是赫颯仍是找到了邱米說的網站。

所悟。

水面寶石

點進網站，立刻被切到了一個登入畫面。

頁面很乾淨整齊，除了登入框外，在深藍色的背景下只有一行白字。

肉體，水面的寶石，是對半分裂的瓶子。

這一句意義不明的話，讓林深看得皺眉，他側過頭見赫颯眼神專注，似乎若有

「你知道這個？」

赫颯點了點頭：「這是一位自殺身亡的詩人的遺作，詩名就是《自殺者之歌》。」

邱米眼睛一亮。

「叔叔，你知道這個？我剛加入的時候，完全搞不清楚這是什麼。」

看著他滿臉帶著「你好厲害」的崇拜神情，赫颯一掀嘴角，大力揉亂他的頭髮。

「崇拜我？」

「嗯！」小孩子的崇拜可是來得很簡單的，只要你懂的比他多就行了。

「那就把你的帳號密碼告訴我。」

「咦？」

「放心，我沒有要做什麼，只是想和你的那些『朋友們』交流交流。」

最後不知是迫於壓力，還是真的折服於赫颯，邱米乖乖地報了帳號密碼。

赫颯輸入完，按下了登入鍵。

「水面寶石」正式從水底浮出，顯露在他們眼前。

乍看之下，這是個和普通網站沒什麼區別的愛好者論壇。但是仔細看了看裡面討論區的名稱和發文主題，就會看出端倪。

這裡大多數人都是在交流著怎麼死亡、死後世界是怎樣的，以及對身邊人的報復與不滿。

看看這一個個討論區的名字——「鐵樹」、「孽鏡」、「舂臼」，都是以十八層地獄的名字命名的。赫颯挑了半天，好不容易挑了一個看起來清新一點的「無憂世界分論壇」，準備點進去細看。

這時，系統通知他收到新的訊息。

赫颯側頭看了一眼身邊的少年後，毫不猶豫地點進去看了。

黑夜：小米？

赫颯想了一下，不知道對方和邱米是什麼關係，他就隨便回了個「嗯」。

黑夜：你現在在哪？

網路上認識的人會一開始就問這個問題嗎？赫颯回頭看著邱米。

「這個人是誰？」

「就是一個普通的網友……」

赫颯給了林深一個眼神，林深對著邱米，輕輕地動了動手指。

「是、是我們老大啦！他人很好，真的！」邱米立刻像受驚的兔子一樣拚命往赫颯懷裡鑽，試圖躲開林深的視線。

「好人？」

赫颯按照邱米的思維逆向思考了一下：「就是這個人建議你到綠湖森林來……尋找一個安靜的歸宿的？」

邱米連連點頭。

「他應該是論壇的大板主。」赫颯問小孩，「他知道你已經出發，準備行動了嗎？」

邱米點了點頭。

「知道，連行程和計畫都是老大……是板主幫我制定好的，我也跟他說過我今天會上山。」

所以這個「黑夜」發現了本該自殺的邱米登入論壇，覺得不對勁，才過來詢問嗎？

赫颯拿不准這個傢伙究竟是個怎樣的人物，正在猶豫該不該繼續搭理他時，頁面突然跳出了一個系統通知。

諸位同難的伙伴們，就在半小時前，我們的朋友——苦不見風，已經成功拋下了俗世的煩惱，獲得了永遠的寧靜與幸福，讓我們祝福她。

這條系統通知，正是黑夜發出來的。

不到五秒鐘的時間，頁面上不斷跳出新的留言。

「祝福！」

「她成功了！她成功了！」

「又一個獲得永生的朋友，她比我們幸福。」

「真羨慕，不知我什麼時候也能像她一樣。」

「很快的，只要我們心意堅定。」

最後的這則訊息，又是黑夜發出來的。赫諷看了半天，總算明白這位大板主在論壇裡的作用了，就是「好心地」為會員們提供各種擺脫「煩惱」的方法，他心思縝密又熱心助人，在這些意圖自殺者中間頗受歡迎。

還真是一個「大好人」啊！

一個蠱惑他人自殺、並創辦了這種論壇的傢伙。赫諷皺著眉想，如果他不是一個閒得沒事幹的無業遊民，就是一個心理不健全的瘋子。

但是，在他看了幾篇黑夜的發文後，得出了一個更可怕的結論——

對方是一個心理健康且十分理智的人。

從他的談吐來看，他應該在社會上擁有不低的地位，並且有足夠能力掌控自己的生活，性格也不讓人討厭，與之交談的人都會覺得如沐春風。

那麼，這種人創辦自殺者論壇的目的是什麼？就只有一個可能——以別人的死亡為樂，從中獲得比現實中更大的滿足感。

想到這裡，赫颯只覺得背後升起一股寒意。

近年來，比起一般的罪犯，社會上更怕高智商罪犯，越是聰明的人，造成的破壞越大。

您有新的訊息。

赫颯沒再點入確認，果斷登出論壇。

於此同時，在網路的另一端，看著邱米的帳號瞬間登出，電腦前的某人輕輕地蹙起眉頭，螢幕的反光在黑暗中照亮他的臉。

良久，那人嘴角勾起一抹微笑，在黑暗中猶如一朵綻放的彼岸花。

赫颯把手機收起來時，林深已經起身走到窗前了。赫颯看著那個在暴風雨前巍然不動的背影，出聲問：「你在想什麼？」

林深沒有回頭，很久才道：「想死——」

「——人的事。」

中間隔了好幾秒，差點讓人誤會。赫颯無奈，不再去猜測林深腦子裡究竟裝了些什麼。他拿出手機，開始搜尋一些其他資訊。然後，再仔仔細細地將搜到的資料看了一遍，眼神格外專注。

邱米抬起頭，好奇地看著他。

赫颯若有所感，抬起頭來對他笑了一笑。

「想看嗎？」

小孩猶豫一下，還是點了點頭，然後下一秒——

「啊啊啊！」

淒厲的慘叫響起，邱米臉色蒼白地指著赫颯的手機，嚇得說不出話。

站在窗前的林深聞聲，也轉過身看著他們。

赫颯微笑，看著手機念了起來。

「插播一則新聞，晚間六點三十分，A市某區域發現一女子臥軌自殺，當場死亡。」

新聞旁還有一張照片。

照片上根本看不出是男是女，只看得到兩截身子，一段在鐵軌的這邊，一段在鐵軌的那邊，地上還有紅紅白白的不明液體，很是刺目。

赫颯還在嘖嘖評價著：「照片拍得不錯，趁還沒有被撤下前趕快存起來好了。」

邱米在他面前，雙目含淚地看著這個怪叔叔。

赫颯收起手機，對小孩溫柔地笑了笑。

「這是半個多小時前的事，這個人可能就是剛剛那個被恭喜的網友。」

邱米茫然了。

只聽見怪叔叔繼續蠱惑道：「如果剛才你沒有被我們帶回來，現在說不定比她還精彩。啊嗚，被一口一口地……」

窗外的狂風暴雨聲，搭配赫颯那張笑吟吟的臉，非常有畫面感。

邱米愣了半晌，突然哀號一聲。

「我不要被吃掉！我不要死得這麼難看！我不……我再也不敢自殺了！不要欺負我啦，叔叔……」

「嗯，乖喔。」

赫颯拍著小孩的背部安撫著，同時向林深露出一個得意的眼神。

怎麼樣，這種程度的叛逆少年，將他哄回來簡直易如反掌！

林深根本懶得理他。可就在這時，在屋外滂沱的大雨中，一聲聲急促的敲門聲傳來。

砰砰砰！

屋內都無人說話的情況下，敲門聲在屋內格外地響亮。而那敲門人的力氣，大得似乎能令整個屋子都抖了起來。

外面下著大雨，誰會在這時跑來？

第八章　尋死的人（五）

一道閃電打下，照出了屋外的人影。

邱米往赫颯身後躲了躲，畏懼地看向門口。

「叔叔，外面是誰在敲門？」

聽著小孩用快哭出來的音調和他說話，赫颯轉身揉亂他的頭髮，又看著林深道：「去看看？」

林深不置可否，起身就往門口走。

「別去，萬一是野獸來了怎麼辦！」邱米顯然是被嚇壞了，在後面緊緊抓著赫颯的衣服。

這小孩真是嚇傻了，野獸會敲門嗎？

不過赫颯也不打算花時間解釋，而是道：「沒關係，就算是野獸也不是他的對手。」他低頭看向邱米，「你認為那個叔叔和野獸，哪個更厲害？」

邱米猶豫了一下，目光在林深和大門之間打轉了幾次，隨後堅定地點了點頭，認定林深必定比野獸還強。

「我相信叔叔。」

「聰明。」赫颯小小表揚了一下。

就在一大一小閒聊時，林深已經走到門口，毫不猶豫地拉開了門。

一陣狂風夾雜著雨滴吹了進來，所有人都屏息看向門口。

「小林！」

只見那個穿著雨衣的身影摘下帽子，竟然是前幾日來山上送米糧的王伯！

林深明顯也沒想到會是這位，有些錯愕，不過隨即像是想到了什麼，眉毛緊蹙在一起。

「小林，今晚的雨下得太大了！西邊樹林那邊，河被土石堵住了，再不疏通的話……」

林深顯然也了解情況嚴峻，忙問：「其他人呢？」

「都去那邊了，就等你呢。」

「我馬上過去。」

林深不多話，立刻轉身去準備工具。王伯站在門口等著，看起來很是焦急。

從始至終，屋內的另外兩人都插不上嘴。

邱米抬起頭，不解地問：「叔叔，這是怎麼了？」

赫颯原本一直望著屋外的大雨，皺眉深思著什麼，聽見他的問話才回頭看著小孩：「小米，一會我們都要出門，你要乖乖地待在屋裡，知道嗎？」

邱米被他嚴肅的語氣嚇到了：「叔叔，發生什麼事了？」

赫颯笑一笑，似真似假道：「我們要去和野獸打架，邱米要乖乖聽話，好不好？」

邱米似懂非懂，但是看著赫颯認真的表情，還有屋外越來越大的雨勢，小孩還是乖乖地點了點頭。

「我會老實待著的，叔叔你們也要小心。」

等林深從裡屋帶著工具出來時，看見赫颯也站在王伯身邊。

「我也一起去吧，多一個人就是多一份力量。」

林深打量了他幾秒後，答應了。

「既然要跟著，就別拖累大家。」

赫颯苦笑，緊跟在他和王伯身後離開了屋子。不過離開前，他最後看了眼木屋，邱米真的會老實待著嗎？

現在不是想那麼多的時候了，跟在林深身後趕到了出現狀況的地方，赫颯才明白情況有多麼危急。這條本不顯眼的河，被巨石和泥土橫腰阻斷，在被攔截住的河段內，兩邊的水位差已經快達四、五公尺了。

要是不盡快疏通的話，上游高漲的河水狂瀉而下，下游河堤可能會承受不住衝擊而潰堤。

如今唯一的辦法，就是在上游的水累積到一定量之前，盡快疏通河道，讓河水不至於衝破山下的水壩。

赫颯他們趕到時，已經有不少人在了，看起來都是比較粗壯的成年男子。不過他們對山上的情況不熟，只能看著堵住的河流而毫無辦法。

林深走上前，扔下手裡的一圈粗繩子。

「每個人把繩子綁在腰上，另一端再找一棵大樹綁著，不要讓自己被河水沖走！」

「王伯，你帶著一隊人到對面去，那邊有個高點，可以看到上游的情況。」

「剩下的人跟著我，找東西敲碎堵在河裡的石塊！」

熟悉地勢的林深的到來，大大緩解了危機，他熟練地分配工作，像是一個指揮調度的指揮官，對局勢有著十足把握。

「赫颯，過來！」

正在猶豫自己應該做什麼時，赫颯聽到林深高喊自己，連忙走了過去加入忙碌的人群中。

暴雨還在下，前來幫忙的人都清楚，現在的每分每秒都很珍貴，要想脫離險境，必須齊心合力。

赫颯從沒見過這樣的林深，聲嘶力竭地喊著，每一句話都像是用盡了全部的力氣。

平常的他總是從容淡定，似乎沒有什麼事能真正動搖到他，而像這樣都快嘶喊出青筋來的林深，他還是第一次見到。

這個人，原來不是不會為物所動，只是他的情感隱藏得深，無法輕易窺探到。

「有人落水了！」

旁邊傳來一聲驚呼，似乎是左邊有個人繩子沒綁緊，被激流沖進了河裡。

赫颯回頭去看，只見一顆頭在河面上載沉載浮著，人被沖得越來越遠。

幾乎是想都沒想，他解開身上的繩子，一個縱跳躍進河裡。

「赫颯！」

入水前一刻，似乎有誰在大聲喊著他的名字，但是赫颯已經顧不得這麼多了，他用盡力氣在河裡游著，向被沖遠的人追去。

好不容易抓到了那個人的手，卻發現他們已經被沖到了一個斷崖邊緣。河流在這裡變為瀑布，而他們即將被沖到好幾層樓高的瀑布之下了。

「抓住我！」

這時，赫颯聽到河邊有人大喊，他想要看清是誰，眼睛卻因為湍急的水流而無法睜開。

「左邊，伸手！」

這一貫的命令口吻，還是讓他聽出了來人的身分。

林深。

在水裡翻騰著無法分清方向，赫颯還是下意識地伸出了手。渾身都浸濕了，已經分不清哪些是雨水哪些是河水，只是在盲目的揮舞中，赫颯覺得手臂碰到了一個溫暖的物體。下一秒鐘，有誰緊緊抓住他的手腕，用力將他拉向岸邊。

赫颯帶著之前落水的人一起被慢慢地拉向岸邊，期間他能感受到越來越多的人過來幫忙，但是最初抓緊他的那隻手，始終沒有鬆開。

好不容易上了岸，咳出幾口水後，赫颯才有種死裡逃生的感覺。剛才發現瀑布就在眼前時，他真的以為自己要沒命了！

「為什麼一個人跳到河裡去！」

耳邊傳來嚴厲的斥責，赫颯抬頭一看，見林深正板著一張臉看著自己。而周圍其他人在看見他沒大礙後，抬著那昏迷的人走了，其餘人則繼續原本的工作。

「你知不知道那麼做的後果？很可能誰都無法救到，而你自己白白送命！」

林深看著癱坐在地、渾身濕透的人，語氣不太好。

「哈，也許是一時糊塗吧……」赫颯自嘲，「我沒有想那麼多，而且——」他抬頭，對著林深露齒一笑，「不用擔心，我水性很好，有人說過我很有天賦呢。」

看著這礙眼的笑容，林深有種想揮拳打上去的衝動，不過最終只是涼涼拋出一句。

「笑這麼多，臉都不會皺嗎？」

赫颯臉上的笑容立刻僵住，看著林深頗有幾分惱火與無奈。

「叔叔，你們怎麼了？」

就在兩人僵持不下之時，身後傳來一聲驚呼，令兩人齊齊回頭，竟是邱米找了過來！

「你怎麼來了？」林深皺起眉。

「我在屋裡等了很久，一直等不到你們，有點擔心，就決定出門找你們……然後聽見這邊有聲音，就過來看一看。」小孩怯怯道，「我不是故意溜出來的，真的不是喔！對了，叔叔你們身上都濕透了，我帶了傘。」

邱米說著，就要把手上的傘遞過去。

「喂，下面的注意！要洩洪了，離遠一點！」

上流傳來一聲大喊，林深聽見，第一個動作就是撈起地上的赫諷，然後另一隻手拽著小孩，猛地向樹林裡衝去。

「叔叔，傘掉了！」

邱米還在可憐他那把被撞掉的傘，林深卻是用盡力氣要將一大一小帶離岸邊。從上游奔湧而下的河水，像怒吼的巨龍一樣席捲而來，瞬間就侵襲過河岸，那小小的傘片刻間便被水流帶走，不見蹤影。甚至河邊一些小樹都被大水攔腰沖斷，一起朝下游而去。

河水夾帶著大量的泥土爛葉，還有一些動物屍體，怒吼著沖過岸邊，帶起如雷的轟鳴聲。

轟隆！

水流帶著幾乎擊碎岩石的力度，在懸崖邊沖起一個高峰。下一秒，混雜的河水從瀑布頂端傾瀉而下，如水柱一般直落下去，只留下隆隆的轟鳴聲仍徘徊在耳邊。

一切只不過是幾秒鐘的事情，要不是躲得及時，站在岸邊的人就被一起沖下懸崖了。

林深帶著兩人撲倒在林裡，傾瀉而下的洪水就在他們身後不到幾步之處。小孩愣愣地看著這一切，頓時還回不過神來。

此時，赫諷終於喘勻了氣，看著邱米，道：「其實剛剛很有可能，叔叔我就被河水沖到下面去了。那你看到叔叔的時候，我肯定扁得跟餅皮一樣，哈哈！」

邱米茫然地看著他。

赫諷伸手揉了揉他腦袋：「死不是一件說著玩玩的事，很多時候不用我們自己放棄，一瞬間你就會死了，什麼死後的安寧、死得其所，全都是狗屁。」

他指了指身後還在傾瀉的河水。

「只差一步，你就和那些浮在上面的動物屍體一樣。這就是死亡。」

邱米身子僵住很久，突然顫抖起來，猛地抱住赫諷的胳膊，沒有說話。

赫諷心裡有種感覺，也許從現在開始，這孩子才算徹底放棄了自殺的念頭。

林深看著抱在一起的一大一小，眼底透著捉摸不透的光。

第九章　尋死的人（六）

幸好及時疏通，最後傾瀉的河水並沒有帶給下游太多麻煩。在安排了人手守夜觀察情況後，赫颯和林深就帶著邱米回了木屋。

一路上持續不斷的大雨，將每個人都淋濕了。

進屋後，赫颯先帶著邱米去洗澡，因為小孩只願意和他黏在一塊，對林深還是有點怕。

等赫颯穿好衣服幫邱米擦頭髮時，林深也從浴室裡出來了。要不是他頭髮上還有水在滴，赫颯會以為他只是進去逛了一圈。

「你家人的聯絡方式。」林深坐到邱米面前，問道。

看起來邱米不是很想說。

「你還想賴在這裡多久？」林深有些不耐煩，「這裡可不是適合小朋友待的地方。」

「……」

「再住下去，就讓你做事抵債了。」

「你那是濫用童工！」邱米憤憤道。

「呵，你又不是我兒子，我為什麼要白養你？」

「那他呢！」邱米轉過頭來指著赫颯，「你們住在一起，難道你不是白養著他嗎？」

本來還在一旁偷笑的赫颯猛地一愣，真行啊，還學會禍水東引了！

林深看了看赫颯。

「從某種意義上來說，我現在的確是白養著他。」

赫颯無語了。

邱米緊追不捨：「那為什麼不能多養我一個？」

「都說了，你又不是我兒子。」

「那他是你什麼人？」

赫颯立刻盯著林深，要是這傢伙敢說自己是他兒子，他一定一拳就過去了。

「我雇用的人。」還好，林深回答得很正常。

「那你也雇用我嘛！」邱米見縫插針。

「你這種年紀的小朋友我用不著。」林深說，「雖然現在白養著這個傢伙，至少他將來還是會有用處……吧。」

赫颯咬牙切齒地看著林深，可不可以不要用那麼懷疑的語氣！好歹他也是十八般武藝樣樣精通，怎麼到了這裡，就被一大一小嫌棄了呢？

邱米發現說不過林深，嘟起了嘴。

「不是我不想告訴你，只是說了也沒有人會來接我。」

「你確定？」

「確定！媽媽根本不管我，才不會知道我去了哪裡，恐怕她現在連我不見了都沒發現！」

赫颯不敢相信世上還有這麼沒譜的母親，只以為小孩是在說氣話，哄騙道：「不試試怎麼知道呢？說不定你媽媽正在到處找你。」

「……」

「找你找得睡不著、吃不好，擔心得要命……」

「……」

「說不定還因此生病，一病不起……」

「呸呸呸！烏鴉嘴！媽媽才不會生病呢！」邱米憤怒地看著他。

赫颯看得出來，邱米對自己的媽媽還是很有感情的，於是繼續道：「那你就告訴我們聯絡方式吧，不然怎麼知道呢？」

最終，邱米還是說出了電話號碼。

赫颯在一邊等著，看林深出去打電話。五分鐘後，林深從外面走進來，一進屋，就看到兩雙大眼直勾勾地盯著自己。

林深這時才發現，原來赫颯的眼睛也滿大的，而且十分好看。尤其是當他睜大眼看著一個人時，會讓人不禁生出一股憐意。如果他注視的對象是女性，對方應該更難抵抗這魅力了。

「怎麼樣？」赫諷迫不及待地問，「他母親那邊怎麼說？」

林深側頭看著他，注意到這人緊張的時候，會不自覺地瞇起右眼。

「他母親說，明天一大早就來接他回去。」

赫諷鬆了口氣：「那就好，她一定也很擔心吧？」

「她親自來嗎？」

邱米這時卻插嘴，直盯著林深：「她會親自來接我嗎？」

「……會有人來接你的。」

「哈！我就知道。」小孩嘴裡發出不屑的嗤笑，「她根本就不在意我，只會把我丟給別人管。」

赫諷注意到小孩說這句話時，雖然依舊很逞強，眼裡的光卻暗了下來。想必他很期待媽媽親自接他回去吧，只是希望越大，失望越大。

話說回來，一個十二歲的小孩，哪裡會知道死亡是什麼。他所做的一切，不過是因為得不到關愛，想引起大人的注意罷了。要不是林深，邱米大概真的會葬身在這座森林裡，而且他的家裡還不會發現。

一個小朋友，竟然能從網路上輕易搜到自殺的方法，這個世界真是太危險了。不，應該說是提供他那些方法的人，才是最危險的。

這令他又想起了那個「黑夜」，還有「水面寶石」這個論壇。

這不是應該存在於世上的東西。

赫諷想得太過專注，因此沒有注意到身旁的林深，也一直在盯著他看。

「我們睡覺吧。」

什麼？赫諷看向林深。

只見林深看也沒看他，對著邱米道：「時間不早了，早點睡，你明天還要回去。」

原來他是在對邱米說話，赫諷差點誤會了。他想，難道是太久沒有解決生理需求，導致思緒混亂了嗎？還是自己思想變態，所以容易想歪？

為了掩飾自己誤會的糗態，赫諷抱起小孩道：「邱米今晚跟我睡。」

說完快步進屋，關上門。

林深坐在原處，看著他抱著邱米幾乎是逃也似地奔回房間，目光深邃。

須臾，只剩一人的客廳內，傳來一聲若有若無的輕笑。

赫諷自我懷疑了一整晚，直到深夜才睡著。而第二天一早，他是在一陣胸悶中醒來的。

睜開眼低頭一看，邱米像無尾熊一樣纏在他身上，小腦袋還枕在他胸前，隨著他的呼吸一起一伏。赫諷苦笑，怪不得自己會覺得悶。

他小心翼翼地移開邱米的腦袋，從床上起身。要做到這些並不吵醒小孩，絕對是一件高難度的事。

等到他成功下了床時，身上已經出了一層薄汗。他離開房間，準備去浴室沖個澡時，卻見林深不知什麼時候站在門口，無聲地盯著自己。

這人走路都沒聲音的嗎！赫颯摸了摸心臟，差點被他嚇死。

「你幹嘛沒事站在我的房間門口？」

言下之意，林深至少應該出個聲。

「是暫時屬於你的房間。」林深看著他，「嚴格說來，這屋子包括屋裡的所有東西，都是屬於我的。」那雙深褐的眸子靜靜地看著赫颯，好像是在說，連你都是屬於我的，我要站在哪裡，你管得著？

當然，以上是赫颯腦補。

事實上，林深只是來看看他們醒了沒有，因為邱米母親拜託的人已經到了。

赫颯只能叫醒還在酣睡的小孩。

當邱米聽到自己要被帶回家時，他臉上的表情很複雜，實在不能稱為開心或期待。

邱米母親派過來接他的，是一名西裝革履的中年男子，很有禮貌，對林深和赫颯說話也很客氣。但是對著邱米，他則更多公事公辦的語氣，沒有關心沒有責罵，倒像是有一分敬意。

赫颯把這一切看在眼裡，心底對小孩的家世有了些猜測。

當幾人就要在門口告別時，邱米卻突然轉過身來，有些不捨道。

「我、我能再來嗎？」

林深說：「來這座森林的人，通常都不再會來第二次。」

邱米露出疑惑的神情。

「因為他們大多數第一次就實現目的了，然後就會永遠留在這裡。」

邱米臉色一白，知道他的意思了。

「我不是這個意思！」他連忙爭辯道，「我不會再有那種想法了，我知道那是一件很可怕的事！」

林深低頭看他，像是在問，那你還來做什麼。

「我來看赫叔叔，不行嗎？」邱米賭氣，別過頭看著赫颯道：「赫叔叔，我還能再來找你玩嗎？」

「恐怕不行，我每天都很忙。」

邱米身子一僵，神色低落。

赫颯笑了笑，「如果你照顧好自己，說不定我下次休假的時候就會去找你玩。到時候，千萬記得招待我包吃包住喔！」

「那當然啦！赫叔叔，等這個小氣鬼什麼時候不願意養你了，你隨時都可以來找我，要我白養你多久都沒關係喔！」

邱米高興地對他許下諾言。

赫颯笑得有些尷尬，自己什麼時候淪落到讓小孩包養的程度了……

「我走了，不准忘記我！」

最後邱米一步三回頭地被西裝男子帶走，直到他們消失在小路盡頭，赫颯才有感而發。

「誰會想到連這麼可愛的小孩，都有過自殺的念頭呢。」

「和年齡無關。」林深道，「和人類的心理脆弱程度有關，而且孩子也是最容易被影響的人群，稍微一煽動，他們就什麼都做得出來。」

「那我是不是該慶幸在我還是少年的時候，社會還沒有這麼複雜。」

「還是？不是一直都是嗎？」

林深瞥了他一眼，在赫颯還一頭霧水的時候，逕自回屋了。

赫颯在原地愣了半晌，思考他那句話是什麼意思。

許久，才反應過來。

「林深，你給我解釋清楚！」赫颯追進了屋裡。

竟然敢暗指他一直都是少年！再說，少年有他發育這麼好的嗎！

「發育健全，是指哪裡？」林深斜視。

「任何部位都很健全！」

「是嗎？」林深懷疑，然後接著道：「給我看看。」

「……」

赫颯發誓，世上能面不改色地調戲人的，眼前的男人絕對是第一名！

一陣微風穿過，將兩人的聲音送出屋外，漸漸消失在森林深處。

今天，守林人的工作，剛剛開始。

而「水面寶石」這個論壇，當赫颯再次想起，想再上這個論壇看看時，它卻像是一縷無形的煙霧般，消失在網路的紛繁世界中，不見蹤影。

但是，有一樣事物卻不會因此消失。

這世上，無時無刻都有著想尋死的人們。

以及，那些以此為樂的傢伙。

第十章　水中倒影（一）

「最近過得怎麼樣？」

「身體還好吧？」

「說起來，很久沒見你上線了，你這傢伙究竟跑哪裡去了？」

「看到了記得回覆我。」

「還沒上線？」

「喂，你不會是去什麼雞不生蛋、鳥不拉屎的荒郊野外了吧？」

「難道是……被外星人擄走了？可憐的傢伙！」

最後一條，明顯就是調侃加無奈的語氣。

「兄弟，等外星人放你回來的時候，記得帶點土產給我啊。」

赫颯只是用手機登入了一下通訊軟體，就瞬間跳出了許多訊息，讓他應接不暇，而其中大部分都是來自同一個人的。

他並沒有回覆的打算，便簡單地看過一遍後，直接登出。

接著，他穿上圍裙，開始準備今天的早餐。

說起來，圍裙這種東西並不是赫颯自願穿的……

某天，林深一個人下山後，就帶回來了一條什麼「負責煮飯的人都應該穿著圍裙做飯」的歪理，也不知道他從哪裡聽來的。

起初，赫颯也抗議過，但是在林深開出每個月五百元的圍裙津貼作為條件後，他就很沒骨氣地妥協了。

真是有錢的話什麼都好說啊……

當赫諷將早餐端上桌時，穿著雨衣的林深也從外頭回來了，帶著一身濕氣。

今天早上的雨下得不小，林深一大早就出門檢查上次堵塞的河流地段。看著正背對著自己脫雨衣的林深，赫諷心想，這人雖然看起來不講情理又霸道，說不定是格外認真負責的那種人？

「牛奶，趁熱喝。」

一大杯牛奶被放到面前，林深盯著它看了一會，問：「是我的錯覺嗎，最近我的早餐總是有牛奶。」

「因為你很需要喝啊。」赫諷瞇起眼笑了。

他拉開椅子，坐在林深對面。

「只有成長期的兒童才需要多喝牛奶。」林深把目光從杯子轉移到了赫諷身上。

「的確。」赫諷好整以暇地點頭，「所以你才需要喝啊。」說著，他向對面的人露出一個溫和真摯的笑容。

林深卻知道在這道笑容背面，藏著睚眥必報的小心眼。

看來赫諷還在記著上次自己暗諷他是沒長大的少年那件事，現在只要一逮到機會，他就會用各種方法報仇。

林深心裡了然，端起杯子將牛奶一飲而盡後，對赫颯露出一個微笑。

「我很喜歡，謝謝。」

等等，這種一拳擊在棉花上的感覺是怎麼回事？一點報復得逞的快感都沒有！赫颯有些沮喪，他似乎很難戰勝林深。

「對了，今天有沒有在樹林裡發現什麼？」

為了轉移注意力，赫颯又開始聊起正事。

「目前還沒有。」林深說，「不過，晚一點還要再去巡邏一遍。」

見赫颯不解，他又解釋道：「雖然早上的雨把昨晚路上的痕跡都沖淡了，但是今天上山的人，會在泥濘的路上留下更清晰的痕跡。所以下午再次巡邏一遍的話，應該會比較有收穫。」

有什麼收穫？一具死相恐怖的屍體，還是一個正在苟延殘喘的傢伙？

想起上回那具泡在溪水裡發爛的女屍，赫颯只要一想到這座森林裡不知還有多少和她一樣的傢伙，正在某個偏僻的角落漸漸地腐爛生蛆，再看向面前豐盛的早餐時，他就沒了胃口。

林深吞下最後一口，抬頭看了看他。

「不吃了？」

哪裡還有胃口吃啊！

「不吃就出門吧。早點巡邏完，下午你還有別的事要做。」林深站起身，催促著赫諷。

等兩人準備好出門時，雨已經停了，太陽從雲層中羞澀地探出頭，被雨水滋潤過的植物們肆意地沐浴著陽光。

「看！竟然有彩虹！」

赫諷驚訝地指著東邊的天空，一道不小的彩虹在雲彩中間若隱若現，像是仙子迎風飄飄的裙襬。

林深少見多怪地看著沉浸在驚喜中的赫諷。

「很稀奇嗎？」

「太稀奇了！我很少看到彩虹，頂多只有天氣好給花澆澆水的時候，花盆上會有一個小的，不過那不算。」

「是嗎？」

聽著他若無其事的語調，赫諷突然扭過頭來。

「你……是不是很少離開森林？」

他始終覺得林深身上有什麼不對勁，但是一直都說不上來，直到這個時候赫諷才恍然大悟，他總覺得林深不對勁的地方，就是他的常識！

林深缺乏與人交流的常識，但似乎只要他願意，也能和別人打好關係，就像王伯。不過在其他方面，比如顧慮他人的情感來做事這點，他就不太行。而赫颯經過這陣子的相處後又發現，雖然對這座森林就像是對自己的後花園那麼了解，但是對森林外的世界，林深卻所知甚少！

對於赫颯的問題，林深回答：

「我每週都會去山下補充物資。」

「除了這以外呢？」

「直到高中，我都是在鎮上的學校上學。」林深回過頭看了赫颯一眼，像是在問，這還不夠嗎？

赫颯愣了一下，做出一個大膽的假設。

「難道你沒去過別的地方嗎？」

「別的地方？」林深道，「我不需要去。」

「那你的家人呢？」赫颯一愣，突然覺得自己是不是問太多了，被這樣追根究柢地問，誰都不會開心吧。

但是林深似乎並不介意，他說：「我爺爺以前也是綠湖森林的守林人，當年爺爺就是在林中撿到我的，我沒有其他親人。」

「呃，抱歉……」赫颯有些窘迫，「所以你高中畢業後就直接來這裡當守林人，是為了繼承爺爺的事業嗎？」

「不是。」

林深道：「我高三畢業的暑假，爺爺去世了，鎮上找不到其他願意當守林人的人，只能讓我來做。」

赫諷走在林深身後，看不見他的表情，只聽見他的聲音淡淡地傳了過來。

「原本爺爺並不希望讓我留在山上，他希望我去更遠的地方。」

談話到此就告一段落了，林深沒再多說什麼，赫諷自然也不好問下去。

前一任的守林人希望林深能走出森林，走出小鎮，到更遠的地方去，但是最後，林深甚至連小鎮都沒有踏出過。他被束縛在此處，獨自一人在林中小屋生活著，和山下居民們保持著若即若離的關係。

如果不是赫諷的到來，不知道他還要繼續過這樣的日子多久。

赫諷想起自己以前朝九晚五、日夜顛倒的生活，那時的他絕對想不到世上竟有像林深這樣的人，沒有夜生活，沒有娛樂，每天只能在林中過著和尚一樣的生活，而且甘之如飴。那時候的他更想不到，自己也會過上同樣的日子。

等兩人巡邏完今天的既定區域，時間已經到了中午，走了半天的山路，赫諷的肚子已經不甘寂寞地叫了起來。

「要回去嗎？」赫諷一邊揉著肚子，一邊問。

「我不回去，一會直接下山。」

「去哪？」

「上次王伯送了東西來，我今天要下山去幫他們。」

這麼一說，赫颯總算想起來還有這麼一回事。

「你先回去吧。」

兩人在山腰間分開，一個人向山下走，一個人往山上走。

走沒幾步，赫颯不知為何突然想回頭看一下林深。於是，他轉過身，向著山下看去。

林深已經走遠了，一個小小的身影在彎曲的山路上走著，與周圍的綠色融為一體。陽光緊跟在他身後，像是在眷戀自己的寵兒一樣。或許是太陽太熾熱，又或許是別的什麼原因，赫颯看著遠去的林深，只覺得他的身影變得模糊，似乎快要消失不見。

下一秒，林深真的不見了。

赫颯驚訝地揉了揉眼，隨即看到林深的背影從山路的另一個轉彎口冒了出來，原來他只是被樹木遮住了身影。

莫名地鬆了口氣，看著林深走遠，直到真的再也看不見他。

最近赫颯心底總有一種感覺，林深似乎和一般人不太一樣，不知道會不會某一天，他就毫無預兆地消失了。

晃了晃腦袋，赫颯覺得自己想得太多，腦子都有些糊塗了。正好附近有一條小溪，就是上次遇到水底女屍的那一條，他決定去那裡洗把臉，清醒清醒。

臨去之前，赫颯猶豫了一下。

這次不會再遇到浮屍了吧？自己的運氣沒那麼不好吧……

抱著惴惴不安的心情，赫颯走到了小溪邊。

早晨雨水剛清洗過整片森林，正午時，太陽又照得正好，小溪像是一條銀色綢帶落在林間，溪水潺潺。

溪水還是那樣清澈涼爽，赫颯先是小心翼翼地瞧了瞧水底，才敢捧起一把水洗臉。

冰涼的水接觸皮膚，立刻讓整個人都清爽了不少。赫颯索性將整個腦袋都埋在溪裡，將頭髮都沾濕。

在溪水裡閉了將近一分鐘的氣，直到快憋不住才猛地抬起頭。

「呼，真爽舒服！」

將髮上的水珠甩去後，赫颯用力抹了一把臉，再睜開眼時，眼角看見一抹白影一閃而逝！

那是什麼？

等赫颯再度細看時，樹林裡空空如也，除了時不時傳出來的蟲鳴，連一絲聲音都沒有。

剛才他的確是看到有什麼東西閃過去了，像是一個白色的人影。

不，不對，誰會在這時候上山來？而且走那麼近都沒聽見腳步聲，不可能是有人，一定是自己的錯覺！

但如果不是錯覺，就只有一種可能性……

赫颯想著想著，雞皮疙瘩全起來了。

無人的山野，幽寂的深林裡，窺視著溪邊戲水者的——

見鬼了？

見鬼了！

第十一章　水中倒影（二）

赫颯並不是無神論者，對於神祕事物，他總是抱著寧可信其有不可信其無的態度。但是鬼神之類的，在他出生至今二十多年來都沒遇見過，因此他不認為往後就會遇見。

沒想到，今天會在溪邊遇上這麼一件怪事。

那一閃而逝的白色身影，在他腦海裡揮之不去，等回到木屋時，赫颯還有點走神。

「那是什麼？」他喃喃自語：「我眼花了嗎……」

對方就像是水面的倒影一樣，在他想要看清楚前，就消失了。

咚咚咚！

廚房裡，菜刀在砧板上敲擊出有節奏的聲音，長長的一根蘿蔔在赫颯手中變成了蘿蔔條，漸漸地又變成了蘿蔔塊，就在它快要變成蘿蔔泥時，赫颯總算回過神，停下了手中動作。

「嘖，切得太細了。」

為時已晚，他本來準備做的炒菜算是做不成了，不過轉念一想，反正中午林深也不回來吃，自己一個人隨便吃就好了。想到這裡，他決定用蘿蔔和一些絞肉來做蘿蔔肉燥飯。

飯是昨天剩下的，蘿蔔和絞肉都有現成的。赫颯開火，哼著歌開始炒菜。

不是他要自誇，經過這段時間的鍛煉，他做菜的手藝都快趕上餐廳大廚了，畢竟他向來是學什麼像什麼。

可是每次吃飯時，林深大爺還是挑三揀四的，也不知道在自己來之前，他究竟是怎麼忍受天天吃泡麵的。

赫颯邊想邊看著鍋子，蘿蔔和肉的香味漸漸從鍋裡飄出，讓人食指大動。赫颯滿意地點了點頭，決定讓肉跟蘿蔔更入味一點再吃。

砰！

窗邊傳來一陣聲響，赫颯沒有去理。

砰！

又一聲。

這一次，赫颯親眼看到一塊石頭扔到了玻璃上，還留下了刮痕！

他推開窗，只嚇走了一隻鳥，周圍沒看到什麼可疑的身影，便回頭繼續看著鍋子。過沒多久，又是石頭敲在窗戶上的聲音。

該死的！

赫颯忍不住了，他知道附近有一些鳥類特別喜歡戲耍人類，不知是好玩還是什麼，總是喜歡銜石子來扔窗戶。對付這些頑皮鬼，容忍只會讓牠們變本加厲。

赫颯離開廚房，順手拿起掃把，準備出去會一會這些鳥。

他走到屋外，果然看見樹上停著幾隻常客。那些鳥兒見赫颯出來，像是人類見著熟人一樣，吱吱喳喳地叫著。

聽在赫颯耳朵裡，更像是牠們在嘲笑自己。

被林深戲耍就算了，竟然還會被鳥給鄙視，無法忍受！

赫颯揮起掃把驅散，「去去去！」

「嘎——嘎嘎嘎——」

這些不知品種的鳥兒高飛起來，發出嘲笑般的叫聲，似乎真的是在鄙夷赫颯白費工夫。

赫颯趕了幾下，見沒有效果，決定使出終極殺手鐧！

他站定，緩緩蓄力，接著兩手舉起掃把，擺起姿勢，對著天空大喊：

「看我的，佛山無影掃，千錘百煉一擊必殺，啊——哈！」

說著他向前走一步，對著天空揮下犀利一擊！

林深走出森林時，剛好看到了這個震撼場景。

「……你繼續。」

跟沒看見似的，林深越過僵立在一邊的赫颯，向屋內走去。

赫颯滿臉通紅地放下掃把，追了上去。

「你誤會了，我剛才不是在發瘋……不，雖然的確看起來像在發瘋，其實是……」

林深轉過頭，一聲不吭地看著他。

不知怎的，赫颯的氣焰頓時消了下去。

「好吧，我知道那看起來不太正常。」

他也只是偶爾耍一下中二，怎麼就被林深逮了個正著呢，嗚嗚……

「我沒覺得不正常。」出乎意料地，林深竟然這麼說。

赫颯驚喜地抬頭看他。

「其實你大多時候都滿不正常的，習慣以後就覺得正常了。」林深拍了拍他的肩，一臉我能理解的表情，「不用在意我，員工也有自己的私人時間，你可以自由地……」

「誰自由了！誰不正常了！」赫颯惱羞成怒地回答，「我只是在趕鳥而已，就是那些煩人精！」

「嗯，用你的佛山無影掃，一擊必殺嘛。」

欲哭無淚是什麼滋味，赫颯深切體會到了。他只能在心裡咒罵自己，誰叫你要什麼中二，喊什麼招式名字，活該！

看著沮喪地回去撿掃把的赫颯，林深眨了眨眼，回屋裡去了。看其輕快的步伐，似乎心情很不錯。

而赫颯不愧是經過歷練的成年人，很快就從失落中振作起來了。

「怎麼這麼早就回來了？」他跟著進屋，開始好奇起林深的早歸。

「嗯，王伯家沒人在，我只能先回來，改天再去找他們。」

「吃過飯了嗎？」

林深回頭，給了他一個明知故問的眼神。

「好吧，還好我多做了一點。」赫颯想起自己還在瓦斯爐上的午餐，連忙跑回廚房，邊走邊念，「兩個人吃的話……應該勉強還夠……」

林深換下外出的衣服，坐在沙發上想休息一會。

不過下一秒，淒厲的喊叫聲卻驚醒了他，起身連忙跑進廚房。

「怎麼了？」

他奔進廚房後，只看到赫颯哭喪著臉，看著瓦斯爐上的一片狼藉。

「我做的……我做的蘿蔔肉燥，怎麼會這樣？」

赫颯看著撒了一地的飯菜，以及掀翻在旁的鍋子，對著大開的窗戶怒吼：「你們這些臭鳥，早晚有一天我要把你們宰了煮來喝！」

「嘎嘎嘎！」鳥兒們歡快地回應著。

赫颯只覺得無力，對身後的林深道：「午餐沒了，你要是等不及的話，只能先吃泡麵了。」

林深看著怏怏不樂的赫颯：「你覺得是那些鳥幹的？」

「除了牠們還能有誰？」

對於赫颯的反問，林深沒有回答，只是默默地拿起掃把，交到他手裡。

「該是你的佛山無影掃表現的時候了。」言罷，人就離開了。

赫颯木然地接過掃把，對於這等壓迫習以為常。林深就是職場中那種欺負菜鳥的壞主管，自己就是被奴役壓榨的可憐菜鳥！嗚嗚嗚！

等他清理完廚房，就見林深在餐桌前吃著泡麵，而在他對面，還有另一碗熱氣騰騰的泡麵。

「過來，吃。」

只是簡單的一個招呼，赫颯就有種熱淚盈眶的感覺。

不行，不能這麼沒骨氣！一碗泡麵而已，怎麼能因此就被收買呢！

林深見他沒動，抓著筷子，揮了揮手。

「酸菜牛肉口味，趁熱吃。」

下一秒，赫颯很沒出息地坐了下來，捧起碗大吃起來，心裡卻暗自淚流。

吃完泡麵，將兩個空紙碗往垃圾桶裡一扔。

兩個大男人跑去客廳沙發上躺著，各自摸著渾圓的肚子打嗝。或者說，赫颯在打嗝，林深半閉著眼，一瞇一瞇的，似乎快睡著了。

等等，現在可不是睡午覺的時候！

赫颯猛地想起了什麼，搖著身旁人的胳膊。

「醒醒，我有事要說！」

「嗯？」

「你知道你下山後，我在山上遇見了什麼嗎？」

林深半睜著眼看他，懶懶猜道：「遇見鬼了？」

「……」

靠，這傢伙是在自己身上裝了監視器嗎！

看著赫颯目瞪口呆的模樣，林深覺得好笑，也坐了起來。

他揉亂赫颯一頭細髮，問：「要我去收了它嗎？」

第十二章　水中倒影（三）

「那時候就是……這樣那樣……」

赫颯一邊說著，一邊比劃。

「我在溪邊洗臉的時候，一抬頭，就看到它刷地一下閃了過去，一點聲音都沒有。」

「後來我怎麼找都找不到那白影，但是我能肯定那絕對不是幻覺。」

「就在這時候，我覺得脖子後面有一股涼氣，回頭一看……」

赫颯和林深大眼瞪小眼。

「看到了——」

林深的眼皮眨都沒眨一下。

見對方一點害怕的樣子都沒有，赫颯覺得很沒成就感，直接迅速地把後面說完了。

「看到身後那條小溪，才發現剛才吹涼我的是溪邊的風。欸，你怎麼一點反應都沒有？」

「反應？」林深歪了歪脖子，「對於一個故意把經歷講得跟鬼故事一樣的人，最好的反應就是不要理他。」

「……」

「你說的見鬼就是指這個？」

「難道還不夠嗎？」赫颯反問，「大白天的，悄無聲息地跑到我附近，然後我一抬頭連個影子都沒看清，這不是鬼是什麼？」

「也許是那個人跑得比較快。」

「靠！連走路都沒聲音耶！」

「也許是那個人身體比較輕盈。」

「這座森林裡陰森森的，又是午餐時間，誰會沒事跑到這裡來？」赫颯抓住了疑點。

林深看了看他：「你還忘了一種可能，需要我提示一下嗎？」

赫颯的臉色瞬間白了。「不要告訴我……」

「就是那個。」

「那、那我還寧願相信自己撞鬼了！」

「怎麼，人比鬼難纏？」林深戲謔道。

「各種意義上來說，正是如此。」赫颯道，「如果真是自殺者，我豈不是正巧壞了他好事？要是他掛了之後，做鬼都不放過我怎麼辦？」

「那就讓他做不成鬼。」

「啊？」

抬頭對赫颯掀了掀嘴角，靠在沙發上的男人道：「我不是說了要幫你抓鬼嗎，晚上等著看好戲吧。」

在赫諷忐忑又迫不及待的心情中，總算到了傍晚。

這期間，他時不時地走到客廳，去看看林深有沒有做什麼準備。可是他每次去，看到的都是林深懶洋洋地坐著，一手撐頭，一副在思考人生的模樣。

他這個樣子，真的能抓鬼？赫諷十分懷疑。

在看到赫諷第十次跑來偷窺自己後，林深終於從沙發上坐直了。

「你。」

他伸出一根手指，揮了揮。赫諷激動地等著，這是要安排任務了嗎！

「去廚房弄晚餐。」

「晚餐？」赫諷無語，「現在是吃晚餐的時候嗎？」

「都五點半了，難道你不餓？」

「餓是餓……」

「那就去做飯吧。對了，把廚房的窗戶打開透透氣，房子裡很悶。」

看著又扭過頭去發呆的林深，赫諷感覺自己像是變成了家庭主婦。不過他的確是餓了，中午那點泡麵根本不夠飽。

所以暗暗抱怨了幾秒後，赫諷還是乖乖地進廚房做飯。

他離開後，林深轉過頭，目光複雜地看了廚房一會，隨即起身，往自己房間走去。

「番茄炒蛋，好吃又好看，簡單也不難……」

赫諷一邊翻炒，一邊哼著自己臨時創作的料理之歌，這種自娛自樂的方式，他很早以前就掌握精髓了。

「炒好了嗎？」

林深站在廚房門口，看他。

「快好了。怎麼，你餓了？」

將番茄炒蛋裝盤，赫諷剛放下鍋鏟，就被林深扔了一塊毛巾到懷裡。

「去洗澡。」林深說。

「可是我還沒……」

「我幫你看著，洗個澡再來吃飯。」林深不容拒絕道。

雖然不知道這傢伙在搞什麼鬼，赫諷還是抱著毛巾走向浴室，反正忙了一天，他早就一身汗了。

進了浴室後，看著浴缸裡滿滿的水，那傢伙竟然連洗澡水都幫他放好了！

赫諷狐疑地回頭看了看，林深究竟在搞什麼鬼？

算了，難得對方服務周到，享受一下也好。

三兩下把衣服扒光，赫諷歡呼一聲，一下子跳進浴缸裡，濺出一地的水。

「泡澡就是舒服啊，咕嚕嚕嚕……」

將鼻子以下埋進水裡，吹起水泡，赫諷玩心大起，在浴室裡不亦樂乎地玩起水來，將洗澡這件事完全拋諸腦後。十幾分鐘後，水溫漸涼，赫諷這才想起正事，潦草地在自己身上擦了幾下，從浴缸裡跨了出來。

他光著身子站在浴室裡，霧氣蒸騰，也不覺得冷，拿了毛巾裹住下半身，正慢悠悠地穿著衣服。突然覺得身後傳來一絲涼意，有些不對勁，赫諷回頭看去。

只見門不知什麼時候被開了一條縫，熱氣爭先恐後地從門縫裡鑽出去，一雙幽幽的眼睛正從門縫裡打量著他——不是林深還能有誰。

「洗個澡洗半天？」林深見他發現了自己，索性把門徹底打開，大大方方地打量著赫諷的身材。

覺得自己身材不錯，也沒什麼見不得人的地方，赫諷一邊任由他打量，一邊道：「才十幾分鐘而已吧，還好吧。」

林深看著他慢條斯理地穿衣服，和一般人不同的是，赫諷穿衣服的時候喜歡先從上衣穿起，拿了件無袖背心就往身上套。坦白說，赫諷身材真的不錯，甚至可以說是完美，背肌恰到好處地性感，穿背心更加襯托出幾分男性魅力。

穿好背心後，赫諷刷地一下將毛巾拉下，準備穿內褲。

他卻聽到身後一陣響動，不由回頭去看，然後一愣，好笑道：「我都不覺得害躁，那傢伙跑什麼？」

站在門口的林深不知什麼時候已經離開了，聽腳步聲似乎還有點匆忙。

等赫颯穿好衣服出來時，看到林深並沒有走遠，而是站在黑暗的走廊上等他。

「怎麼不開燈？」

「噓。」林深朝他比了個安靜的手勢，「小聲一點，跟我來。」

赫颯悄悄問：「要幹嘛？」

林深瞥了他一眼，「抓鬼。」

「抓、抓鬼?!唔——」

因為嫌赫颯太吵，林深一把捂住他的嘴，並瞪著眼示意他不准再出聲。然後兩人放輕腳步，慢慢地往客廳移去。

走到客廳時，赫颯才發現，原來林深把這裡的燈也關了，現在整個屋子只有廚房那裡有一點微光。兩人不約而同地向廚房看去，只見廚房微弱燈光下，似乎有什麼在晃動。

赫颯瞇起眼，仔細看。

慘白的日光燈下，一個白影在燈光下晃晃悠悠，長長的影子映在窗戶上，像是一個長髮飄飄的女鬼！

「天……」

赫諷張大嘴，只見女鬼在廚房裡飄來飄去，不知道在找些什麼，時不時地還發出一些窸窸窣窣的聲音。

詭異的場景，加上四周黑暗的環境，赫諷只覺得全身雞皮疙瘩都起來了。

「有有有有鬼！」

他哆哆嗦嗦地伸手指著，眼淚汪汪地看著林深。

林深見他這副模樣，只覺得好笑。

「是啊，鬼。」

他伸出手在赫諷屁股上狠狠掐了一下。

「不用擔心，我現在就去幫你收了它。」

說完，他小心翼翼地接近廚房，而留在原地的赫諷大腦則是徹底當機了。等等，他剛才是被林深吃豆腐了吧？一向專吃別人豆腐的他，竟然被別人吃豆腐了！

不對，林深為什麼要吃自己豆腐？

正這麼想著，只聽見廚房內傳來一聲「哎呀」的驚叫，赫諷一驚，連忙跑了進去。

進廚房時，他看見林深好整以暇地拎著那隻鬼的衣領，還將它舉高用力地晃了幾下。

女鬼被晃得頭暈，只能求饒。

「啊啊……好暈……別晃了別晃了。」

赫颯見狀，再次震驚，林深真的是佛擋殺佛、人擋殺人，連厲鬼都怕他！

等等，女鬼會有腳嗎？

他看向那女鬼的腳下，有一條長長的影子。

「這麼說……」

「嗚嗚嗚，放了我吧……」

一道軟綿綿的聲音傳來，赫颯走到女鬼面前，把擋在臉前的頭髮撥開。

一個目測十七、八歲模樣的女孩，淚眼汪汪地看著赫颯求饒。

赫颯覺得有趣，怎麼最近老是撿到小孩呢……

「上次在溪邊嚇我的那個，是不是妳？」

「不是我，是我……唔，總之不是我。而且我不是要嚇你，只是看到有人在溪邊，所以過去看一下而已。」女孩吸著鼻子委屈地解釋。

赫颯注意到她嘴邊還有些番茄炒蛋的油漬，而張嘴說話時，一股蘿蔔味撲面而來。

很好，原來中午的蘿蔔肉燥竟然是她吃的！

赫颯繼續問：「既然只是看看，為什麼我一抬頭妳就溜走了？」

女孩被問得一愣，臉龐慢慢地紅了起來。

過了幾秒，只聽見她細如蚊的聲音道：「因為你長得太好看了，我怕被你發現我在偷看，就跑掉了。」

赫颯一呆，隨即捂著肚子大笑起來。

女孩看見他的笑容，看得眼睛都直了，緊盯著赫颯不放。

一旁的林深見狀，皺了皺眉，突然毫無預兆地鬆開了手。

砰！

「哎呀！」

女孩毫無準備地摔倒在地，爬起來時，她看到的是林深那張似笑非笑的臉。像是被毒蛇給盯上的老鼠，女孩瞬間抖了抖，可憐巴巴地不敢再動彈。

「老實交代。」林深問，「在被這個傢伙的美色誘惑前，妳上山來做什麼？」

「我……」

被兩雙眼睛盯著，女孩的臉色時而通紅時而蒼白。

「我絕不是來自殺的！我還沒有談過戀愛，還是第一次見到這麼帥的人，我、我不想死，真的！」

「嗯。」赫颯笑了笑，露出一口白牙，「我相信妳後半句是真話。」

世界上像他這麼帥的人，的確是鳳毛麟角。

林深翻了個白眼。

第十三章　水中倒影（四）

抓了半天的鬼，誰想到最後會抓到是一個女孩子？

這讓赫颯有點錯愕，再看到林深一副早有所料的模樣時，他更加無法接受了。

「你早就猜到了是人？」

「你怎麼就知道中午的蘿蔔肉燥也是她吃的？」

「你故意將廚房窗開著，晚上再引誘她來？」

「你確定她晚上一定會來，可是又怎麼能確定她哪時候會來？」

對於赫颯一個接一個的問題，林深只回了兩個字。

「智商。」

這一下，赫颯乖乖閉嘴了，若是再繼續糾纏下去，不就證明了自己智商不如對方嗎？而且他大致也想清楚了，只是對一些細節部分好奇而已。

將注意力又轉回女孩身上，赫颯見她還蹲坐在地，不由覺得可憐，上前一步，遞出手。

「先起來吧。」

女孩弱弱地抬頭，見赫颯要拉自己起來，先是感動，隨後臉頰上竟泛起可疑的紅暈。

赫颯差點笑出聲，以前對他有好感的女生也不少，但是像這樣明目張膽的倒是頭一次見到。目前看來，這女孩子應該性格滿單純的。

「去客廳。」

林深終於發話，打斷兩人的「含情脈脈」，先一步將赫颯拽了出去。

女孩連忙乖乖地跟在後面。

到了客廳後，赫颯和林深還來不及開口，女孩就先說話了。

「謝謝你們的飯，謝謝你們招待我進來，不然我都不知道怎麼辦才好了……外面好多怪叫的聲音，還有綠幽幽的眼睛從樹林裡盯著我。」女孩對著兩人鞠一躬道，「幸虧有兩位恩人搭救，小女子改日必當重謝！」

「……」

氣氛一下安靜下來，女孩覺得不對勁，抬頭來看。

「人呢？」

客廳裡早已空無一人，另外兩人不知去了哪裡，只留下她一個呆呆站著。

「噗哈哈哈……你別拉我啦，先等我笑完……咳咳咳！」邊說話邊笑，這位嗆到了。

林深的房間裡，赫颯捧著肚子，臉上的表情極度扭曲，像是想笑又不敢大聲地笑。

「小女子……噗！」

「恩人……噗！」

「多謝兩位大俠相救，小女子改日必當重謝。」赫颯擺正臉色，一本正經地說著，沒半會自己又忍不住了，躲到牆角大笑起來。

林深完全不吭聲，高深莫測地看著他。

「我、我是說這女孩子是不是邏輯有問題，明明是當小偷被我們逮到，還這麼感激涕零，關鍵是她那說話的口氣……是不是小說看太多了……哈哈哈哈……我肚子好痛……」

「她邏輯有沒有問題我不知道。」

林深看著他笑得一臉鼻涕一臉淚的，淡淡道：「不過要是被她看見你這副模樣，你說人家會不會後悔自己的眼光？」

「什麼？」

「沒有看透本質。」

「本質？本質……哈哈哈，吃蘿蔔肉燥、番茄炒蛋吃得滿嘴油的本質嗎？」顯然赫颯又想錯方向了，完全沒發現到對方的嘲弄。

半晌，他才終於冷靜下來，注意到重點。

「你拉我進來幹嘛？我們不是要去跟那個女孩聊聊，然後送她回去嗎？」

「是嗎？」林深已經拉了一張椅子坐下，「你想問就去問吧。」

「那你呢？」

「別管我，做你的事去。」林深不厭其煩地揮了揮手，隨意拿過一本書起來看。

赫颯見他不搭理自己，也不自討沒趣，去了客廳。

屋內，林深默默地翻頁，等了幾分鐘後，開始在心裡倒計時。

五……四……三……二……一。

滋嘎！

門被猛地推開，赫颯一臉懊惱地走了進來。

「她什麼都不說，只知道傻笑。」赫颯無奈道：「連名字都不肯說，只讓我叫她小涵……」

林深「哦」了一聲，繼續翻著手中的書。

「問她上山做什麼，就知道打哈哈，也不肯說自己是哪裡人，問太多了就準備要哭。你說我該怎麼辦？」

赫颯見林深無動於衷，突然停下抱怨，打量起他來。

「你是不是早就知道了？」

「什麼？」

「知道她什麼都不會說，所以你才不去問。」

林深放下了手中的書，抬頭看他。

「這只是你的猜測，還是你從我身上看出來的？」

「呃……兩者都有吧，有什麼區別嗎？」

「沒什麼，問問而已。」林深推開椅子站起身，「不用再問了。她要是不願意說，怎麼逼都沒用，除非你想聽到一個劣質的謊話。」

「那要怎麼辦？」赫颯問。

「等。」

「等？」

「她想繼續待在這，就讓她待著。如果她有其他目的，早晚都會露出馬腳。」

留下這句故作高深的話後，林深就離開了房間。

赫颯還在原地思索他剛才的話，難道林深認為這個叫小涵的女孩其實並不簡單？

不過沒想幾秒，赫颯又想到了一個嚴重的問題。

「等等！讓她留下來的話，她要睡哪裡啊？這裡不是只有兩張床嗎……喂，林深！」

等他追到客廳時，林深已經和女孩談了起來。

林深絮絮叨叨地說著什麼，女孩連連點頭。

「嗯。」

「嗯！」

「我明白了。」

拚命地點頭後，小涵眼冒亮光。

「我一定不負組織的重托，好好完成任務！」

赫諷聞言，露出一頭霧水的表情。

「你們在說什麼？」

「林大哥在交派任務給我！」小涵嚴肅認真地道。

「任務？」赫諷狐疑地看著林深，這傢伙不會又在欺騙善良人士了吧？

「我在安排她的工作內容。想在這裡住下去，就必須自食其力。」林深道，「我們這裡不養吃閒飯的。」

「嗯嗯，我絕對不會當吃閒飯的！」小涵連連附和。

「很好，妳比某人有覺悟多了。」林深讚揚道，「某個傢伙剛來的時候，還想白吃白住。不過很可惜，住宿只對員工家屬免費開放。」

小涵好奇：「員工家屬的範圍是什麼？」

「就是……」

「夠了！」赫諷連忙打斷兩人的對話，以免話題越走越偏，讓人家誤會。

「先不管工作的事了，今晚她睡哪才是個大問題！我們這裡只有兩張床，你不會想要讓她……」赫諷剛到嘴邊的話又咽了下去，因為他看見小涵眼冒愛心，似乎是在想入非非。

「這樣不是正好？」林深道，「她睡你的房間，你……」

「我絕對不和你睡！」

「睡客廳。」林深斜眼看他，像是在說，你以為我願意？

赫颯自討苦吃，與其睡在客廳硬邦邦的沙發上，還不如和林深擠一張床呢。

「我……」小涵看著赫颯的臉色，「不然我睡沙發？」

「不用了，山上半夜很冷，而且怎麼能讓女孩子睡客廳。」赫颯故作坦然地揮揮手，「睡客廳而已，小意思。」

感受著女孩的崇拜眼神，赫颯心裡的大男人主義爆發，大手一揮，事情就這麼定了。

直到深夜，當他縮在沙發上瑟瑟發抖時，終於後悔了。

誰叫你要逞強，誰叫你要耍帥！

「阿……阿嚏！」

赫颯一邊吸著鼻涕，一邊不斷用手摩擦著胳膊，縮在沙發上欲哭無淚。

真的太冷了！

重點是他為了耍帥，連被子都沒拿，這會只能穿著單薄的衣服躺在沙發上，冷得狂發抖。

早知道當時死纏爛打，也要硬跟林深擠一張床的，真是學不會教訓！

揉了一團團擦過鼻涕的衛生紙，赫颯開始想像明早起來，當另外兩人開門出來時，看到的會不會是一具凍僵在沙發上的屍體？

要是能有一條毯子蓋也好啊，起碼會暖和一點。

對，就是像這樣，厚厚的、毛絨絨的毯子，蹭起來的時候還能感覺到有人體的餘溫。

真慘，冷到都產生幻覺了。

赫颯憤憤地想著，同時又留戀地在毯子上蹭了一下。

咦，好像有什麼不對勁……

他抬起頭，順著身上的毯子看到了一隻手，再向上，看到了一雙在黑暗中反射著幽幽光芒的眼睛。

林深把毯子披到赫颯身上後，看著他像小狗一樣蹭來蹭去，暗自好笑。

這時，見赫颯抬頭向自己望來，林深輕咳一聲，問：「還不進來睡？」

「什、什麼？」

「我數到三，你不進來的話，我就鎖門了。」

林深說著，拖著毯子回房間去。

赫颯在原地愣了好一會，才反應過來。

「等等！別關門啊！」他跳下沙發，激動地向林深撲去。

一個不小心，將林深撞倒，兩人重重摔倒在地。

一聲巨響，響徹屋內。

另一間房裡，睡得正香的小涵翻了個身，繼續打呼熟睡。

第十四章　水中倒影（五）

「涵涵。」

「過來，涵涵乖，聽話。」

「不要隨便跑到外面去，涵涵！」

「妳在做什麼？誰讓妳起來了，快回去！」

「對不起，涵涵，媽媽不該凶妳，媽媽只是太擔心妳了。」

「涵涵，爸爸媽媽愛妳啊，涵涵……」

夢中，一個女人的聲音縈繞在耳，無論女孩怎麼逃避，那道聲音總是緊追著她，像是令人窒息的枷鎖，一遍又一遍地喊著：涵涵，媽媽愛妳。

小涵猛地睜開眼，雙眼迷離地盯著天花板，好久都回不了神。

過了好一會，一塊木屑從屋頂掉到她臉上後，她才徹底清醒過來。

小涵愣愣地從床上爬起，好像夢中如影隨形的呼喚聲還徘徊在耳邊。

她下床推開窗，一股清新空氣吹進了屋裡，她深吸一口氣，總算從夢魘中走了出來。

天色尚早，太陽才剛出來了一點，樹林裡仍是一片濃濃的霧氣。女孩站在窗前發了一會呆，突然想到自己今天的任務，便匆匆忙忙地出了房間。

她跑得匆忙又沒看路，剛走出去，就和人撞了個滿懷。

「啊！」

想像中的疼痛沒有到來，小涵睜開眼，迎上一雙清澈的褐色眼眸。

「一大早，莽莽撞撞地幹什麼？」林深扶住了女孩，訓斥道。

「抱、抱歉！」

沒再多說什麼，也剛剛起床的林深瞥了她一眼，就先去浴室梳洗了。小涵正驚魂未定，只聽見身後又傳來一個懶洋洋的聲音。

「別管他，那傢伙早上脾氣都不好，有起床氣。」

小涵聞言回頭一看，只看了一眼，就滿臉紅暈。

赫颯站在另一間房間的門口，身上只穿了四角褲和一件寬鬆的T恤，T恤領口開得很大，可以看得見鎖骨，而鎖骨以下的部分，就格外引人遐想。意識到自己的眼睛在盯著哪裡看，小涵臉漲得更紅，都快冒出煙來。

睡眼惺忪地打著哈欠的赫颯，絲毫沒注意到自己這副打扮有多誘人。直到他發現女孩異常紅潤的臉色和直盯著自己的眼神，才意識過來。

赫颯尷尬了，他不是存心勾引人家的……只能苦笑一聲，像良家婦女一樣把衣服下拉了一點，不讓自己「春光外泄」。

「那什麼……昨天、昨天晚上，你有睡好嗎？」小涵扭捏了半天，還是問出了一個最關心的問題，「晚上外面很冷的。」

赫颯知道她在擔心自己，便笑了笑，安慰道：「沒什麼，昨天我和林深一起睡，兩個大男人擠一張床，再怎麼樣也不會覺得冷。」

他以為說完這句話，女孩就會安心下來，誰知小涵卻露出更加害羞的神情，說話都結巴了。

「我我我、我出門去忙了！」

赫颯目瞪口呆，看著女孩一臉紅暈地朝門口跑去，精神似乎處於極度興奮中，他不由疑惑，自己說了什麼嗎？

「現在的孩子，怎麼一個比一個難懂……」

「是嗎？」林深不知什麼時候從浴室走了出來，「我倒覺得她滿好懂的。」

赫颯不服氣：「那你說說，她剛才為什麼臉紅？」

「很簡單。」林深幾句話總結。「只是看到了一些不該看的，聽到了一些不該聽的。」

丟下百思不得其解的赫颯，林深瀟灑地越過他，向外面走去。

獨留赫颯一人，深深有種被時代拋棄的落寞感。

「真是，一個個都神神祕祕的。」

從那天開始，小屋多了一個人。

起初，赫颯不覺得有什麼太大的改變，不過很快，他就發現改變的地方了，並且喜聞樂見。

凡是林深之前交給他做的瑣事，小涵都主動搶過去做，像是施肥什麼的，她也不覺得髒，並且對於院子裡的菜很有興趣。每天都會花上大把時間，蹲在那裡整理花花草草，還經常和林深交流經驗。

她甚至幼稚地幫菜苗們取了名字。

番茄被命名為小紅，黃瓜是小綠，還有馬鈴薯叫小胖，青菜叫小青，胡蘿蔔叫小胡，更有甚者，院子裡開的月季，她竟然取名為美人。

對小涵的取名技術，林深和赫颯暫時不予置評。

每天早上都看見她蹲在田邊，對著小紅小綠們念念有詞。

「要吃飽喝足才能長大喔，長大了才能給媽媽我填飽肚子喔，不枉我白養你們一場啊，懂嗎？」

又對著青菜說：「小青啊，不要老找小白添麻煩，要對她好一點，明白嗎？」

對白蘿蔔則說：「小白啊，以後找老公眼睛要擦亮一點，千萬不要找不靠譜的男人！」

赫颯在一旁聽著，懷疑這女孩思維到底正不正常。

不過聽林深說，這是寂寞太久養成的自言自語毛病。

女孩的勤快讓身為男人的赫颯深覺內疚，不自覺地，他做事也勤勞了許多，不再需要林深三催四請了。從這點上看，最大的獲利人無疑是林深。

另一方面，每天用餐時，除了看林深那張死人臉，還能看見另一個人狼吞虎嚥地吃著自己做的飯菜，這對於赫颯來說，也算一件很有成就感的事。

一眨眼，三天就過去了。

這期間，小涵與他們相處得很是和諧，除了每天早上從林深房裡出來時，赫颯都會感覺到一陣如狼似虎的目光。其他時間，她都表現得很好，從來不偷懶耍滑，做事又很勤快，雖然不聰明，但勝在認真。連一向挑剔的林深，對她都沒什麼不滿。

這樣一個活潑可愛的女孩，究竟是為了什麼上山？為何又遲遲不願意坦白自己的真實資料？赫颯愁眉苦思了許久，無解。

「家家有本難念的經。」林深這麼道。「你真的想知道，今天帶她出去一次吧。」

「去哪？」

「巡林。」

「巡、巡林?!」

當天中午，得到消息的小涵睜大眼睛，略顯興奮道：「真要帶我去嗎，我不會礙手礙腳？」

前幾次巡林，他們都是讓她留下來看家，今天聽到自己也可以跟，女孩很是興奮。

赫諷不太自在地咳嗽了一聲，避過她期待的目光。

「不會，妳最近能幹了許多，帶妳一起去也沒什麼問題。是吧，林深？」

他向林深投去求助的目光，實在不忍心繼續欺騙這個單純的女孩。

「做更高一級的工作，是對妳能力的一種認可。」林深面不改色地道，「妳有什麼不滿嗎？」

「沒有沒有！」小涵用力地搖了搖頭，「我很滿意，不，是感到榮幸！我一定不辜負組織的信任！」

「嗯，組織也表示欣慰。」林深點點頭，摸了摸她的腦袋。

「不過，巡林是要做什麼啊？」小涵想了想，一臉疑惑道，「只是每天去樹林裡逛一逛就好了嗎？沒有什麼具體目的？」

林深和赫諷對視一眼，異口同聲道。

「沒有，只是簡單的巡邏。」

在毫不知情的情況下，單純天真的小涵就這樣被兩個大男人騙著加入了「搜屍巡邏隊」的行列，成為了臨時守林人。

挑了個溫度適宜的時間，他們帶著女孩出發。

這次走的是東邊的巡邏區，那裡地勢更加險峻難行。他們本來擔心女孩的體力會吃不消，可是走了一段路後，兩人發現自己是白操心了。

小涵顯然十分興奮，時不時四處張望著，完全沒有疲憊的模樣。

「哇！這麼高這麼粗的樹！不知道它幾歲了？」

發現了一棵五人合抱都圍不住的大樹，女孩滿眼星星亂飛。

「最起碼是妳爺爺的爺爺的爺爺的年齡。」林深隨口說，誰知女孩接下去的動作卻讓他們瞪大了眼。

她走到古樹面前，恭恭敬敬地鞠了兩個躬。

「曾祖父好。」

赫颯一口氣差點沒喘上來，咳得臉色漲紅。

林深上前，幫他拍了拍背。

誰知，做完這件事後，小涵更加放開了。一路上不像是巡林，倒像是來遊山玩水，四處都仔仔細細打量了一遍。最後要不是體力耗盡，不知道她還要持續多久。

「累了吧，坐下來休息一會吧！」

赫颯從隨身包包裡拿了瓶水給她。

小涵冷靜下來後，發現自己應該耽擱了兩人不少進度，不由愧疚。

「抱歉，我只顧著一個人興奮，耽誤你們工作了……」

赫颯笑笑：「這裡的景色確實很棒，妳第一次看到，好奇也是難免的。」

不過逛到像她這麼興致高昂的，卻是少見。

「我也沒去別處逛過，不知道其他地方怎麼樣……在書上和電視上看到的那些景色都不及這裡的萬分之一呢！」說起來，小涵的眼睛又閃閃發亮，「果然還是親眼看到最好啊！」

赫諷聽著有些不對勁，正要發問，卻被人搶先了。

「妳以前都沒有出去玩過？」林深問她。

「嗯，小時候身體不太好，家裡一直不放心讓我出門。後來長大了一點，也不太有機會外出……」小涵似乎在斟酌用詞，「我這次還是第一次離開家，也是第一次見到外面的世界。」

「就像是上回在溪邊看到赫諷哥，我才知道，原來世界上還有這麼好看的男生，像是小說裡寫的一樣。啊，當然，林大哥你也長得不錯，只比赫諷哥差一點，就一點點！」小涵伸手比了一個距離，卻不知道自己這是在雪上加霜，更加打擊人。

見林深吃了悶虧，赫諷暗自偷笑。

「說起這件事，妳還沒告訴我們，上次妳為什麼會在溪邊？那裡離上山的路有段距離耶。」

小涵猶豫道：「我……」

正靠在樹上聽他們閒聊的林深突然一動，警備起來。手握向背後插著軍用小刀的袋子，警戒地四處打量。

「怎麼了?」赫颯見狀問。

「有人在附近。」林深用鼻子嗅了嗅,道,「我聞到了生人的味道。」

「……你是警犬嗎?」

林深警告地瞪了他一眼:「別開玩笑了,你顧好她,別讓她被……」

正說話間,附近的灌木叢一陣劇烈晃動,下一秒,一個黑影竄了出來,猛撲向小涵。

女孩嚇呆了。關鍵時刻,林深衝上前一把推開她,自己和那黑影重重地撞在一塊,摔向一邊的斷崖。

赫颯心頭一緊,緊追那翻滾的身影。

「林深!」

第十五章　水中倒影（六）

赫颯只來得及伸出手，指尖還沒有碰到林深的衣角，就見他和那個黑影一起翻下了斷崖。

赫颯呼吸一窒，跑到崖邊往下看。只見崖下奔流的河水中掀起一波巨大的水花，而落下水流的人很快就被激流沖得不見蹤影。

「林深！」赫颯只能徒勞地大喊，「林——深——」

「叫什麼？」

「有空在這裡叫，還不快把我拉上去。」

什麼？

赫颯向崖壁上看去，只見林深單手緊抓著藤蔓，像隻猴子一樣掛著，險險地吊在崖壁上。

「……」

「拉我一把。」

「你……」見他化險為夷，赫颯渾身無力，「我還以為你摔下去了。」一邊說，他在附近找了個牢固的藤蔓，纏在自己身上後，朝林深伸出手。

「很可惜，摔下去的不是我。」林深緊抓著他，腳蹬崖壁，加快自己上去的速度。

「不過，摔下去的那個不會好過就是了。」林深事不關己地說著，「一會讓山下的人打撈一下，應該可以在他被泡腫之前撈上來吧。」

林深雖然險中逃生，但是身體在崖壁上磨出不少擦傷，左臉頰一整塊都磨破了，有泥土還有其他髒東西。

赫諷皺眉看著，頭也不回道：「小涵，幫我們拿一下東西，我帶他去附近清洗一下。」

久等沒有回應，赫諷奇怪地回頭。

「小涵？」

不看還好，這一看才嚇一跳，只見女孩臉色蒼白，比起林深她才更像是剛剛摔下斷崖的那個。聽見赫諷喊自己，她才回過神來。

「我、我……」女孩眼裡冒出淚花，「我剛剛……」

「別廢話了。」林深不耐煩地打斷她：「東西拿著，跟上。」

小涵緊抿了抿唇，默默地點了點頭，只是一路上都沒有再說過話。赫諷有些奇怪，就悄悄地問林深。

「她怎麼了？」

因為他是湊在林深耳邊說的，說話時吐出的熱氣噴到了林深耳朵上，讓他有些癢癢。

林深動了動耳朵，看著攙扶著自己的赫諷。

「你有看見吧，剛才那個人本來是向她撲過去的。」

「對啊，她還被嚇住了，根本沒來得及有動作。」

「不是來不及，她根本就沒有想過要跑。你想，當初你在溪邊想要追她都沒追上，說明她反應並不慢，速度也快，但這次她被人襲擊時卻連動都沒動。」

赫颯皺眉，「你是指她是故意不跑的？」

林深想了想，道：「也不是故意。」

「那你究竟是什麼意思？」

「我的意思是，她被襲擊的那一刻，腦裡根本就沒有逃跑這個念頭，你明白嗎？」林深看著赫颯的眼睛，「一般人，哪怕是面前有東西飛過來，也會想著要躲一下，這是求生防禦的本能，但是她卻沒有。」

「但是她不像……」赫颯還想辯駁。

「遇到危險，她的潛意識裡根本就沒有躲這個概念。」林深道，「你以為，她為什麼會出現在這裡？你真的信她只是來觀光？」

赫颯也無話可說了。

三人趕到附近的一道瀑布下，赫颯開始幫林深簡單處理傷口，小涵一直沒說話，只是遠遠站在一邊。

她時不時地偷瞄著不遠處在清洗傷口的兩人，林深臉上那道劃傷，看著都讓人覺得疼。

小涵坐在一塊石頭上，輕輕地用腳尖一下一下地點著水面。水中，她的倒影一會凝聚一會散開，飄忽不定。

小涵眼神迷離，不知道在想著什麼。直到看見水面出現了另一個人的倒影，她才抬起頭，看向站在自己身前的赫颯。

「林深說，妳剛才沒有想躲，是真的嗎？」

女孩輕顫了一下，慢慢地點了頭。

過了許久，沒有等來預想中的責罵，她大著膽睜開眼，疑惑地看向赫颯。

「你不罵我嗎？」

赫颯無奈地笑：「為什麼我要罵妳？」

「因為是我害得林大哥受傷，要是我剛才能躲開，他就不會摔下去，也就不會受傷了。」小涵的眼眶紅紅，「一定很痛……」

赫颯走到她身旁，也在石上坐下。

「那麼妳能告訴我，剛才為什麼不躲開嗎？」

「我不是故意的！」小涵連忙道。

「我知道。」赫颯柔聲問，「妳能說說原因嗎？是不想躲開，還是來不及？被人撲過來的時候妳不害怕、不想逃嗎？」

「我……不知道。」

小涵又低下了頭，看著水中兩人的倒影。

「我經常在害怕一件事，媽媽害怕，爸爸也害怕……久而久之，我都習慣了。有時候都已經分辨不出來，什麼是害怕，什麼是不害怕。」

「妳在怕什麼？」

小涵抬頭，輕輕道：「我怕死。」

「我知道人都是會死的，但是卻不知道死亡什麼時候會來。有時候它來得太早，我們根本來不及做什麼；有時候它又來得太晚，只能一個人孤獨地死去。我不知道死亡會是什麼時候降臨到我身上，就時時害怕它，怕它來得太早，也怕它來得太晚……」

她看著水裡的影子想，就像這水中倒影，你時時能看見它，卻摸不著，一觸即散。

「我就想，與其不安地等它來找我，倒不如……」

「不如自己去找它。」

林深穿好衣服走來，看著兩人。

「妳以為那樣就等於是掌握死亡了？所以當初妳在溪邊遇見赫颯，是準備跳河自殺？」

小涵猶豫了一陣後，還是點了點頭。

「為什麼改變了主意？」

「我……因為我覺得赫颯大哥長得很好看，就想多看幾眼，最後就一直跟在他後面了。之後肚子餓，忍不住去廚房偷吃東西，就被你們發現了。」

赫颯哭笑不得，自己這副容貌還能阻止他人自殺？

林深出乎意料地贊同了：「所以幸虧那時妳沒有自殺，不然就看不見這傢伙了，不是嗎？」

小涵歪著頭想了一會，慶幸地點了點頭。

「這一次是赫颯，下一次不知會是別的什麼，就在妳選擇斷送性命的時候，妳永遠不知道會失去什麼……有可能是第二天的晨曦，也有可能是妳未來的幸福。」

「害怕死亡，所以主動選擇死亡，這根本就不是掌握它，而是被它徹底掌握了。」

小涵疑惑：「可是，人都是會死的啊。早死晚死，不如現在就死，省了更多麻煩，不好嗎？」

赫颯聽見這理論，嘴角微微抽搐，連忙道：「當然不好！」

「為什麼？」

「妳想想，要是在遇見我之前就死了，是不是再也看不到像我這樣好看的人了？」

小涵點了點頭。

「也吃不到我做的飯了。」

小涵露出不捨的神色。

「還有院子裡的小紅小綠小胖們，妳也不能每天和它們打招呼了。」

小涵似乎很是糾結。

「可是，就算我現在不死，等到最終死去的那天，還是會失去它們啊，早失去晚失去有什麼不同嗎？」

「很不同啊！太不同了！」赫諷道，「哪怕在世上多活一分鐘你都是賺到好不好！做自己想做的事不快樂嗎？和妳的大樹曾祖父打招呼不快樂嗎？和我們一起生活不快樂嗎？」

「快樂！」

「那就對了，每多活一秒，妳就多得到一份快樂，少一秒都是對不起自己。」

赫諷微笑，「就好比林深這傢伙，如果剛才他摔下懸崖死了，他就虧大了。沒錢沒勢還死在深山，他去了地府都不會甘心吧！」

「有錢有勢就可以去死了嗎？」小涵睜大了眼睛問。

「怎麼說，也不全是這麼定義的。」赫颯汗顏，「總而言之，要看活著的時候收穫多少，哪怕多收穫一點，都是賺到。聽說地府有個規定，活著時獲得的快樂和給予別人快樂越多的傢伙，就可以儘早投胎，來生幸福。」

「真的嗎？」小涵滿眼憧憬。

「當然是真的！」

「那要是我賺的快樂多一點，帶給別人的快樂多一點的話，我可以在地府做些別的事嗎？」

呃，她是把快樂當成了地府的流通貨幣嗎……

赫颯點了點頭，隨口回答：「可以。」

「可以想吃什麼就點什麼嗎？」

「呃，如果地府有吃的……」

「我可以住五星級飯店嗎？有總統套房的那種！」

「如果地府有的話……」赫颯弱弱地說。

「還有，如果我快樂的分量足夠多，我可以分一些給其他人嗎？」小涵認真道，「分給爸爸媽媽、赫颯哥、林大哥，讓你們以後死了，也能過得很好！」

赫颯想哭又想笑：「當然可以，不過現在想這些都還太遠了。」揉了揉小涵的腦袋，他道，「趁我們好好活著的時候，想想怎麼賺夠自己的快樂才是最重要的。」

「嗯！」小涵握拳，「我已經有目標了！我會努力的！要讓大家早日投胎！」

赫颯無語，總覺得努力的方向不太對啊……

小涵的腳歡快地擊打著水面。

「我本來只是想在死前看一看外面的世界，這樣就不會有遺憾了。可是和赫颯哥你們相處越久，我就越捨不得死了……我還以為我是更加害怕死亡，變得更膽小了。可是現在想想，好像又不是這樣……」

小涵抬頭，對兩人露出燦爛的微笑。

「因為我覺得和你們在一起是快樂的，所以才想在這裡待久一點，多賺一點快樂……」說到這裡，她的神情突然又有些黯然。

「怎麼了？」赫颯問。

「我想起了爸爸媽媽。他們平時總不帶我出去，所以我才偷偷跑出來。」小涵愁眉苦臉道，「他們一定擔心死我了，一定一點都不快樂……」

赫颯和林深對視一眼後，赫颯說：「把妳爸爸媽媽的聯絡方式告訴我們，讓他們過來陪妳不就行了？」

「嗯！」小涵快樂地從石頭上跳下來，「回去就跟你們說！我現在巴不得下一秒就看見爸爸媽媽！好想他們喔！」

她跳進淺淺的河水中，踩起水花。

「我要告訴媽媽，外面的世界一點都不可怕！有很好看的人，也有很好心的人！」

「媽媽來以後，我要讓她看看我養的小紅小胖，告訴她我也會當媽媽了！」

「還有我爸爸，他是個大廚喔！赫颯哥，你可以向我爸爸多請教廚藝！」

小涵在水裡轉著圈，笑語盈盈，水中的影子和她一樣跳著、笑著，像是鏡面對稱的兩個世界，同時映襯著女孩的笑顏。

「我現在一點都不害怕！」

「我太開心了！」

歡快的聲音傳遍河谷，赫颯和林深在河邊看著亂舞的女孩，也露出笑意。

啪嗒。

然而，就像劃破水面的一塊碎石，原本寧靜快樂的畫面，被突兀地打破。

「小涵！」

赫颯猛地站起身，驚恐地大喊。

河中的女孩突然無力地倒下，濺起一片水花。

水中的倒影剎那間支離破碎。

化成千片萬片，再也無法凝聚。

第十六章　水中倒影（七）

小鎮上的醫院從來沒這麼忙碌過，平時只會有些生病感冒的人來就醫，病情嚴重一點的都轉到市區的大醫院去了。

突然接到重症病例，值班的年輕醫生們都有些手足無措，整間醫院忙碌了起來。急診室外，赫諷如無頭蒼蠅一樣亂轉，滿臉倉皇。

小涵倒下的那一刻，他抱起懷中幾乎沒有呼吸的女孩，根本毫無頭緒。好不容易在林深的提醒下，兩人帶著女孩下山，第一時間送往醫院。

而現在林深去警局詢問有關失蹤人口的事，看看有沒有和小涵相關的消息。

「怎麼會這樣……」

想起被推進急診室時女孩蒼白的臉色，赫諷心裡亂成一團。明明前一秒還有說有笑，下一秒卻倒地不起了。

「醫生！」

不知等了多久，終於見到白袍的醫生從加護病房出來，赫諷連忙迎上前。

「她情況怎麼樣？」

醫生摘下口罩，輕飄飄地看了他一眼：「你是患者的家屬？」

「對，她是我妹妹！她情況怎麼樣了，有沒有生命危險？」

「暫時是沒有。」醫生皺眉道，「你這個哥哥究竟是怎麼當的！她這樣的情況，你還讓她隨便在外面亂跑？應該立即住院觀察的！依她現在的狀況，多耽誤一天都會有危險！」

赫颯手足無措。

「小涵的病情這麼嚴重？」

女孩平時在山上看起來很健康，一點都不像是病患，所以她的突然暈倒才會讓人措手不及。

「以她的身體情況，根本不應該劇烈運動，你竟然還不知道小心照顧？」醫生狐疑地看著他，「你真的是她哥哥？」

「我……」

「赫颯！」

林深總算趕來，在他身後還跟著幾名警察。

「聯絡到小涵的父母了，他們很快就會趕過來。」林深走到他身邊，「兩天前她父母就報了案，所以一查就查到了。」

「報案？」

「她是從醫院裡逃出去的。」林深道。

「醫院……小涵究竟是什麼病？很嚴重嗎？」赫颯焦急地問。

深深地看了他一眼後，林深說：「等她父母來了，你就知道了。」

下午四點，一對行色匆匆的中年夫妻才趕到醫院。小涵的母親和她有七八分像，赫颯他們一眼就認出來了。

這對夫妻並沒有和兩人閒聊，一來就直接去詢問主治醫生女兒的情況。而這時小涵已經被送到加護病房，在她父母的強烈要求下，今天就會轉去其他大醫院。

赫颯感受到小涵父母焦急的心情，他站在病房外，隔著透明玻璃看著躺在床上的女孩。

「聽醫生說，自她五歲後腎功能就因為不明原因開始衰竭，如果不做手術就無法熬到成年。」林深站在他身後道，「原來她說自己沒見過外面的世界，是因為一直以來都住在醫院裡。」

病床上，女孩的臉色蒼白，嘴角卻帶著一絲調皮的笑意，一點都不知道關心她的人有多麼擔心。

「這個傻女孩……」赫颯喃喃道，「要見見外面的世界，等做了手術再去不就好了？有必要冒險跑出來，還總想一些有的沒的嗎？」

「真是夠笨的……」

林深看著他伸手輕輕撫上隔離著監護室的玻璃，沒有說話。

「赫先生、林先生。」

不知何時，小涵的父母走了過來，胖胖的小涵爸爸對著兩人深深一鞠躬。

「剛才聽警察說，這幾天多虧你們照顧小涵，才讓她沒有出更大的意外，真是麻煩你們了。」

赫颯有些慌張地避開他的鞠躬。

「沒有，我們也並沒有做什麼，小涵她……」小心翼翼地打量著對方的神色，問道，「她手術的成功率有多少？」

小涵父母對望一眼，無聲地苦笑。不需要言語，他們眼底的苦澀已經表示了答案。

「多謝兩位這幾日的照顧，等女兒醒來後，我們會告訴她後來的情況。方便的話，可以留下一位的聯絡方式嗎？」

赫颯報出手機號碼後，那對夫妻又匆匆地離開了。看他們帶著濃濃哀愁的神色，他心裡像是堵著一塊石頭那樣難過。

下午，小涵轉院了，轉移間她還是沒醒來。赫颯只能隔著一圈圈的醫護人員，遠遠地看了她一眼。

女孩纖細的身子陷在潔白的床單中，顯得更加嬌小脆弱。難以想像拖著這樣一副脆弱身體的小涵，竟然在山上和他們住了那麼多天。

目送著轉院的車輛遠去，赫颯低語。

「為什麼，這樣一個女孩偏偏卻……」

「生死有命，富貴在天。」林深說，「我們也無法改變什麼。」

兩人陷入了沉默。

當晚回到山上後，睡在自己的房間裡，赫颯卻覺得格外不習慣。好像一閉上眼，就能聽到她在旁邊走動的聲音。

白天吃飯時，會不由自主地多盛一碗；路過田地時，會對著菜苗們駐足望許久。

這一切林深都看在眼裡，仍然沒有多說什麼。

一個禮拜後，赫颯的手機傳來通知，有人寄了一封電子郵件給他，打開一看，信件中並無內容，只有一個附件影片。

他在細看了一下，才發現寄件者的名字是——徐若涵。

赫颯找來林深，準備跟他一起看附件的影片。

「早安！赫颯哥、林大哥！」

一打開，那個充滿活力的聲音就傳了出來，影片中小涵的臉色雖然依舊蒼白，精神卻好了許多。

對著鏡頭，女孩似乎有一大堆的話要說。

「那天醒來後我發現自己身在醫院，赫颯哥你們也都不在，害我差點以為之前那幾天都是幻覺！」

「不過還好，媽媽告訴我赫颯哥你的手機號碼，才讓我相信那不是夢。在山上的那幾天快樂得不像話的日子，原來是真的！」

赫颯失笑。

「還有赫颯哥，想必你們都知道了，我得了一種很嚴重很嚴重的病，很可能這次睡著，就再也醒不來了。對不起，之前一直瞞著你們。要是哪天早上你們突然在房間裡看見一個睡到死掉的笨傢伙，一定會被嚇一跳吧！」

「可是我也不敢告訴你們，我怕一說你們就會把我送回醫院，繼續整天對著白牆、白衣、白床單……我都快瘋了！十幾年來，除了醫生、護士們和爸爸媽媽，我就沒再見過別的人了。」

「所以這次我真的很開心！能夠在山上和你們一起生活。雖然這麼說有些對不起爸爸媽媽，但是那幾天，真的是我這麼多年來過得最精彩最快樂的日子。」

「不過……想必以後我是不能再出去了，我不想再看到媽媽抱著我哭成那樣了。對不起，赫颯哥，我可能不能再去找你們了。」

「但是，我會一輩子記住那些日子的。雖然我的一輩子可能不夠長，但是我會把遇到的每件事每個人都牢牢記住！哪怕以後一直住在醫院，每天靠著那些回憶，我也不會再寂寞了！」

「赫颯哥，林大哥，小紅小胖它們還好嗎？開花了嗎？結果實了嗎？結的果實多嗎？即使以後我不能看到，赫颯哥也要替我好好照顧好它們哦。」

和煦的陽光透過玻璃照入病房，讓女孩看上去像是被包裹在一片光芒裡。

「最後一件事，我決定接受手術了。雖然只有不到百分之十的成功率，但是我已經不再害怕了。」

女孩笑笑，握著自己的手，放在心口。

「我這幾天，想明白了很多事。」

「我一直以為自己不害怕死亡，但是其實我很怕。我怕再也不能見到爸爸媽媽，不能見到赫颯哥和林大哥，不能再像那天在河邊一樣，和你們一起聊天。」

「所以哪怕只有百分之一的機會，我也要賭一賭，因為這百分之一的機會，能讓我再見到你們。」

「即使賭輸了，我也不會遺憾。我已經擁有了許多的快樂，就算到另一個世界，也會很幸福的。」

「手術就定在明天，祝我成功吧！說不定你們明天早上打開門的時候，就會又看到我了！」

「永遠愛你們的徐若涵！」

畫面在最後的笑容上戛然而止，化作一片漆黑。小涵那充滿活力的語調，卻彷彿還迴盪在耳邊。

林深看了看信件寄出的日期，「這是昨天寄的信。」

赫颯將手機放進口袋，做的第一件事就是進房間，拿著上個月發的薪水準備出門。

「要去哪裡？」

「還用問嗎？」赫颯頭也不回，「當然是去醫院。」

「現在去也什麼都做不了，只能等待結果。」林深道，「你很看重她。」

「當然，因為我喜歡她……咳咳……像對妹妹的那種喜歡。」赫颯又說，「別告訴我你不擔心。這幾天是誰每天都要到田裡除四次蟲、鬆一次土的？這又代表著什麼？」

林深沉默地盯著他。

赫颯笑一笑：「怎麼，你還要攔我嗎？」

「我沒有要攔你。」林深道，「只是想說，你去醫院的話順便帶這個去。」

他拿起一盆小小的四葉草，在陽光照射下盡情地舒展著枝葉，生機蓬勃。

「醫院裡空氣悶，顏色也單調，帶點綠色去點綴比較好。」林深說。

這盆四葉草，不知道他是什麼時候從樹林裡挖回來的，還帶著新鮮的泥土氣息。

「哼哼，彆扭的傢伙。」赫颯低笑一聲，接過了花盆，「等我帶好消息回來吧！」

林深站在院子裡，等赫颯走遠後，拿起鏟子又往地裡輕輕地鏟了一下。

「沒有除四次蟲，是三次，連算數都不會……」

赫颯這一走後，山上又只剩林深一個人。

一切又像是回到了最開始那樣，沒有人說話，沒有人笑鬧，沒有人裝傻賣萌，沒有人在耳邊囉唆。

林深有時候會產生錯覺，一會是看到一個睡眼朦朧的男人撓著肚子，站在他房間門口；一會是瞧見院子裡有個小小的身影蹲在那裡，對著一地的菜苗們念叨著什麼。

然而每次等他走過去時，觸到的都只有空氣。

林深開始明白，寂寞是什麼滋味了。

第三日，當他蹲在地裡做當天最後一次除蟲時，突然察覺到什麼似的，抬頭望了過去。

赫颯正好進來，穿過樹林的風緊跟在他身後。除此之外，什麼都沒有。

他沒有吭聲，手上還捧著那盆四葉草，它長得更加茂盛了，卻沒有送出去。

林深舉了舉手中的鏟子，又落了下去，突然間沒了除蟲的興致。

「怎麼覺得……」赫颯抬起頭，揉了揉眼睛，莫名道，「今天的太陽好大。」

「嗯。」

「風也很大，沙子都吹進我眼裡了。」

「嗯。」

「要我幫你除草嗎？」

「好。」

兩個大男人蹲在田裡，手拿著鏟子卻沒有動半下。風吹動菜苗，輕輕晃動。在它們細小的身影間，好像能看見一個小小的身影，滿頭大汗，卻快樂地奔波著。歡快輕揚的笑聲，似乎還迴盪在院子裡，久久未散。

「小紅能長好嗎？」

「大概吧。」

「以後田裡的事還是我來做吧。」

「嗯。」

「嗨，小紅、小胖，你們又換了一個新主人啦！哈哈，這棵苗長得好醜！好像你！」

「……」

「我能種好它們嗎？」

「看心。」

「那要是種不好怎麼辦？」

兩人蹲在院子裡，有一句沒一句地聊了一整個下午，似乎誰都不想起身，誰都不想動彈，只願待在這個灑滿陽光的田地裡。

風中，四葉草輕輕晃動著身子，似乎在舞蹈，又似乎在微笑。
一碰即逝，無法永駐的水中倒影啊。
它短暫又令人心憐，深深地刻印進心裡。
搖搖晃晃，浮於水面上的美麗倒影啊。
它悄悄來悄悄去，卻永遠……都無法忘記。
五月初，東山那棵高高的古樹下，多了一座小小的石碑。
石碑旁，開了漫山的四葉草。
它稚嫩的葉子充滿活力，在陽光下縱情地生長著。
這鮮活，而又脆弱的生命。
此刻，無聲地綻放。

「二號的結果怎麼樣？」
「失敗了。」
「那就去找下一個素材吧。」
下一個，在生與死之間掙扎徘徊的生命，會是誰。
是你嗎？
無情的，多情的，深情的人。

第十七章　十年等長生（一）

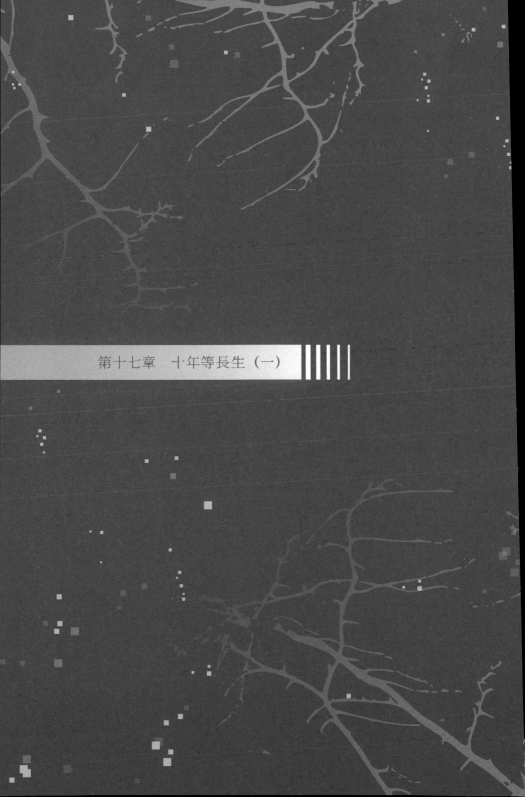

早起後，先是做早餐，再到田裡給菜苗們裡施肥澆水。

赫颯已經習慣了這種生活模式，沒有都市裡緊迫急促的壓力感，沒有人與人之間相處的複雜感，山上空氣清新、環境優美，如果可以，長住在這裡也是個不錯的選擇。

正在屋外的田裡拔草，赫颯聽見了木門的開關聲，手裡一頓。

當然，這一切美好日子的前提是，不用每天去巡林。

「出發了。」林深瞥了一眼還蹲在地上的人。

「唔，我突然覺得肚子有點不舒服。」赫颯捂緊肚子，努力在臉上擠出幾滴汗，「今天可不可以請扣半薪的那種病假……」

「你說呢？」

真是個小氣鬼！

赫颯憤憤地起身。其實他也只是抱著僥倖的心理想要試一試而已，看見不成功，他也懶得裝了，將手中的雜草扔進垃圾袋，無精打采地起身。

林深盯著他：「你最近有點慵懶。」

「沒有啊，錯覺吧？」

「工作態度不夠熱情。」

赫颯苦笑：「我還要怎麼熱情？難道對著樹林裡的白骨和屍體微笑，說歡迎光臨，下次再來？」

說到這個，他就想起前幾天在帳篷裡找到的一個自殺者。等他們發現的時候，裡面的人已經死好幾天了，屍體開始腐爛。而腐爛是有一個過程的，在全身的肉潰爛之前，已經有寄生蟲爬進了屍體裡產卵，並腐化那些還算新鮮的肉。

赫颯第一次見到那麼噁心的屍體，差點把前一天晚餐都吐出來。在那之後，他對於巡邏森林這件事又有了新的陰影，怎麼樣都提不起勁去工作。

林深似乎也想到了那天的情況，勸說道：「其實也不是每次遇到的都是那樣，有時候會好一點。」當然，大多數時候屍體腐爛的機率更大，這句話他沒有說出來。

赫颯的臉色並沒有因為這句話而變得好看一點。

林深繼續道：「你仔細想想，屍體不就是一堆血肉和骨頭嗎，就像我們平時吃的肉類，其實也都是動物的屍體……」

話還沒說完，只見赫颯捂著嘴，趕緊奔到牆邊乾嘔起來。

「嘔——算、算我求你，別說了！」

他的臉色比起剛才更青了，額頭隱隱冒著冷汗。

「再聽你這麼說下去，我以後都不敢吃肉了。只要一看到肉，就會想到……嘔嘔……咳咳……」

見自己的話不但沒起作用，反而加深了赫諷的心理陰影，林深只能使出最終的殺手鐧。

「你再繼續這樣消極怠工，這個月的薪水我要考慮一下暫時扣押……」

「不！你這個魔鬼！」吐得淚眼汪汪的赫諷抬起頭，「你不能這樣做！」

看著那雙看著自己的水汪汪的眼睛，林深心情莫名地轉好。

「你都喊我魔鬼了，」他笑一笑，掀起唇角，「我當然要做一些名副其實的事。」

「……」

最終，赫諷屈服在萬惡的金錢下，不情不願地跟林深踏上了這一次的巡林之路。只是一路上，他不斷地為自己祈禱著。

阿彌陀佛……各路神仙保佑……希望今天不要遇到那些想不開、來這裡告別人生的傢伙了。

這完全是烏龜心理。

今天不遇上，明天遇不上，以綠湖森林在自殺者中享有的名聲，難道他會一直都遇不上？早晚的事罷了。

林深瞥見他可笑的舉動，無奈道：「這麼長時間了，你還沒習慣？」

「有些事又不是說習慣就能習慣的。」赫諷撇嘴：「比如要一隻熱帶魚習慣北極的生活，讓貓學會狗叫，讓你愛上男人，你說這些是想習慣就能習慣，想做到就能做到的嗎？」

林深挑了挑眉，若有所思地看了他一眼。

「不試試怎麼知道？」

「說得簡單！就比如吧，讓你去喜歡上一個肌肉型男，你可以嗎？只怕起都起不來吧。」赫颯心裡不爽，有些口不擇言。

說完後他才發現自己說了什麼，暗暗叫糟，林深的個性向來容易當真，開不得玩笑，他會不會因為這些話就生氣啊？

赫颯有些小心翼翼地打量著前方林深的背影。

只聽見前面的風中，幽幽飄來一句。

「你又不是我，怎麼知道我對著……就起不來呢？」

赫颯一愣，不敢置信地問道：「你說什麼？我沒聽清楚。」

林深不再作聲了。

赫颯有些懷疑自己是幻聽，拚命盯著前面的人看，沒想到……他竟然發現林深的耳朵紅了！沒錯，就是那種熱血上湧到耳尖的紅色！

難道他是在害羞?!

赫颯覺得自己看到了世界末日前的奇蹟，林深這樣的人，竟然也會害羞！

不對，他究竟是為什麼害羞？是因為自己說他對男性起不了反應而羞惱，還是因為在談論這個話題而害羞？還是有其他原因……

算了，他決定不要再繼續深究下去了。

無論讓林深這個傢伙耳朵紅的原因是什麼，他都不想再知道了。這年頭，知道的事情太多，不太安全……

下意識地，赫颯的屁股微微一緊，似乎有某種不祥的預感。

兩人都不作聲，在一種莫名的尷尬氣氛中繼續走著，誰都沒有再想帶起下一個話題。

走了大約半個小時後，赫颯才發現了異樣，今天似乎走的都是樹林不茂密的大路，以前不都是挑小路走嗎？他抬起頭，看著前方默默帶路的林深，心底突然有一絲了悟。

林深雖然嘴巴很壞，但終究還是考慮到他的心理陰影，今天都挑安全而陽光明媚的大道走。

這算是悄而無聲的照顧嗎？

真是個彆扭的傢伙，赫颯心裡輕笑。

注意到這點後，因為之前話題而造成的尷尬似乎也煙消雲散，他想著要不要挑起一個話題聊聊。此時，卻見前方小路似乎有什麼東西在閃閃發亮。

「那是什麼?」不經意地,他就直接脫口而出。

「你想知道?」林深問。

「嗯嗯!」

「真的想知道?」

「不然還有假的嗎?」

林深伸手一指,自己挑了顆石頭坐下來:「你自己去看就知道了。」

那他還問這麼多幹嘛!赫颯暗暗翻了個白眼,還是決定自食其力。大白天的,也不是什麼幽深的小道,他不必擔心有屍體突然跑出來。

帶著一絲絲好奇心,他走到那個發光物體身旁。

「這是⋯⋯花?」

走近了才發現,那反光的東西,是一個小小的玻璃瓶。在陽光的照射下,透明的小瓶散射著七彩光芒,從遠處看就像一顆寶石。而在這寶石瓶子裡,插著一束新鮮的花,瓶裡還有小半瓶的水。

黃色幼嫩花朵,開得正燦爛。

「為什麼這裡有一瓶花?」

赫颯向四周看了看,發現這花瓶是放在靠路邊的位置,那裡的一塊地都比別處平坦,也特別整齊,像是經常有人來。

以前，他都沒有注意到這些細節。一束插在玻璃瓶的小小花朵，在這少有人來的山路上，隨風微微晃動。

赫諷眼睛眨了眨，似乎明白了什麼。

「這是祭奠死者的嗎？」他回頭去問林深。

回頭看去，林深不知什麼時候已經躺在那塊大石上，迎著頭頂燦爛的陽光微微瞇起眼。風吹動他的黑髮，那雙褐色的眸在髮絲下時隱時現，對著天空，露出線條流利的側臉，就像是一道剪影。

赫諷看得呆了一下。

「嗯。」林深輕輕地應了聲。

「每個月都有人來換新鮮的花嗎？看起來經常有人來。」

「這個還不算經常。西邊的樹林裡，有對夫妻每天早上都會上山，點上香然後帶一抔泥土回去。」林深道，「自從他們的兒子在這裡自殺後，那對夫妻就搬到了山下。到今年，已經三十年了。」

頓了頓，他又道：「你也認識他們，就是王伯伯和王阿姨。」

赫諷錯愕，原來那個性格直爽、總是為他們送些食物乾糧上來的王伯，竟然是因為這樣才住在山下！

「還有你第一次來時在溪邊遇見的自殺浮屍，她的母親每個月都會來一次，在溪邊一坐就是一下午，到晚上才走。」

赫颯愣住：「為什麼這些我都不知道？」

「現在你知道了。」

再看著眼前這束明亮燦爛的花，赫颯心裡突然有了別的感受。

很多人覺得，死亡只是自己的事，但其實不是。

在死去的人背後，還存在著更多更多……為他們的死亡而痛苦悲傷的人。

怪不得那次遇見溪中女屍時，林深會那麼說——「可憐的只有被留下來的人，死了的傢伙倒是一了百了。」

赫颯突然覺得心裡一慌，趕緊催促道：「走吧，趕緊巡完林，我還有別的事要做。」

「什麼事？」

赫颯笑而不語。

一個小時後，東山上的無名石碑旁，多了一個裝著水的玻璃瓶。瓶中清澈的河水被風吹起漣漪，一隻小魚在裡面自在游動。

很多時候，死亡都不是一個人的事；有時候，死亡也不代表著永遠的寂寞。

赫颯看著水中游得歡快的魚，拍了拍手站起身。

「好，之後每天再來換水就行了。」他伸了個懶腰：「天真藍啊。」

他走到山坡旁，對著遠方湛藍的天空有感而發，不由就要向前踏一步，吟個詩作個對什麼的。

撲通！

「啊！救……」

「……咕嚕咕嚕……」

山坡上，一聲巨響後，瞬間靜了下來。

林深逛了一圈回來時，看到的就是大樹下空無一人的場景，赫颯不見蹤影。

他站了一會，對著石碑問：「看到那個傻瓜去哪了嗎？」

石碑被陽光曬得有些溫熱，有些反光。

像是，在偷偷地笑。

是啊，那個傻瓜去哪了？

第十八章　十年等長生（二）

人倒楣的時候，喝個水也會塞牙縫。

赫諷沒想到，只是詩興大發，想站在山坡上吟詩作對一下，也會一腳踏空跌了下去。

他究竟倒了幾輩子的楣？

不過還好，這裡雖是山頂，但是並不陡峭，他摔下去時沒有一路滑到崖下，而是在中間被一個從崖壁上凸出的天然平臺擋了一下，現在正險險地趴在平臺邊緣。向下望了一眼，雖然山坡不高，但是幾層樓的高度還是能摔死人的。赫諷害怕地拍了拍胸，同時盡量向後靠了靠。他有輕微的懼高症，要是不小心一個暈眩摔了下去，那就完蛋了。

「大難不死必有後福……」赫諷念叨著，手腳並用地向平臺裡靠去。

不過，這塊平臺空間並不大，光是赫諷一人待著，就顯得有些擠了。赫諷退到一半覺得有些礙手礙腳，正愣神間，一隻手突然搭到他肩膀上。

他不耐煩地回頭瞪了一眼。

「兄弟，不知道這裡很擠嗎，湊什麼熱鬧……」

脖子有些僵硬，像生了鏽的機器一樣緩緩地轉過去，赫諷看著搭在自己肩上的手，驚悚地向上望去。

一具骷髏大喇喇地向他看來，那黑黝黝的眼洞，似乎正一眨也不眨地盯著他看。

「我、我……」赫颯嘴唇抖抖，表情悲憤，少頃，一聲哀號。

「我究竟是走了什麼霉運啊啊啊！咳咳咳咳……」

山壁上風大，吼到一半的某人又被嗆著了，咳得半死與骷髏大眼瞪小眼，欲哭無淚。

正在山坡上找人的林深聽見聲音，探頭向崖下看了一眼。

「赫颯？」

如同聽見天籟，赫颯趕緊抬頭，只見一片橫生的枝杈和亂葉擋住了向上的視線，想必林深從上面也看不到他。

「我在這裡！」他連忙揮手大喊，想讓林深注意到自己。

「哪裡？」

林深皺了皺眉，走了幾步換個方向，總算看到崖壁中段有一塊凸出的石臺，赫颯就在上面。

不過這個距離，他沒辦法徒手拉赫颯上來。

「你等等，我先回去拿繩子。」

什麼?!

聞言，赫颯大驚。

要讓他繼續和這骷髏獨處，還不如要了他的老命！

「林深，你先別走！這裡有一具骷髏，別把我和它單獨丟在一起！算我求你了！」

林深的耳朵動了動。

「骷髏？」

「貨真價實！還一直盯著我看！」

「你確定它有眼睛？」

「……有眼洞。」

赫諷不想再多看了。總覺得每看一眼，他都覺得那具骷髏正幽幽地看著自己，好可怕……

「仔細看一下，它身上有沒有什麼別的東西。衣服還在嗎？有衣服的話，搜一下口袋。」林深的命令從頭頂上悠悠傳來。

赫諷感到無奈。

「我不想看，要搜你自己下來搜！」他置氣般說完，等了半晌，不見林深的動靜。

「林深？」赫諷試探著出聲，還是沒有反應。

不是吧？難道這傢伙一氣之下，真的把自己丟在這裡了？

正氣惱間，赫諷只覺得頭上傳來一陣沙沙聲，抬頭一看，幾粒飄下來的沙塵飛進眼裡。

他使勁地用手揉了揉，這期間，只聽見一聲輕響，再次睜開眼時，平臺上又多了一個人。

赫諷面無表情地看著林深，「為什麼你也要滑下來？」

「不是你叫我自己下來搜的嗎？」

林深回道，同時朝骷髏走了幾步，在它身上仔細翻找著。

「不是這個原因……」赫諷哭笑不得，這石臺上站了兩個大男人還有一具骷髏，變得更擁擠了，轉個身都有困難。

「你也下來的話，等一下我們要怎麼上去？找人來救嗎？」

「找人？」林深反問，「你有帶手機嗎？我是沒帶。」

赫諷一摸口袋，糟糕，手機丟在木屋裡充電！

「這邊的山路十天半個月也不會有人來，別指望呼救了。」

赫諷忍了忍頭上冒出的青筋：「那你的意思是，我們只能困在這裡餓死嗎？」

「餓死？」

正在搜骷髏的林深頓了頓，突然回頭看了赫諷一眼。

「說不定這傢伙就是餓死的，路上也好作伴。」

「林深，別鬧了！」赫諷忍無可忍，「你究竟打算怎麼離開這裡，還有這骷髏……咦，餓死？」

他一愣，看向那具無名骷髏：「這傢伙不是自殺？」

「故意餓死自己，也算是一種自殺方式。」林深道，「不過很少人會這麼做，太難熬了。」

「等等，你怎麼知道它是餓死的？現在只剩一具白骨了，又看不見傷痕，說不定是割腕、服毒或其他死法啊。」

「這裡沒有匕首或繩子。」

「也許是它死前扔了下去呢？」

「下面的路不定期會有人經過，如果有東西掉在下面，不會到現在都沒人發現。」

這塊石臺從山壁上憑空橫出，下面的人被擋著，自然看不見石臺上有什麼。往上看，上面又是一片枝杈雜草，不特地看也不會注意到這裡。所以這具骷髏才在這裡放置到風化，都沒人發現嗎？

這個人不知道在石臺上孤零零地待了多少年，未免也太過寂寞了……

赫颯突然有些感同身受，也不再那麼害怕這具屍體了。

「而且我的第六感告訴我，這人是坐在這裡活活等死的。或許最開始的時候它並沒有想死，只是順其自然罷了。」

林深說著，從骷髏身上破舊的衣服口袋裡搜出一個小本子。

厚皮封面的線裝筆記本，現在很少見了。

「這傢伙起碼在這裡待十幾年了吧。」林深小心翼翼地翻開本子。

一打開，一張紙片從裡面滑了出來，被山風吹得差點飄落下去。林深來不及抓，眼看紙片快要飛落石臺，一隻手伸出來，輕輕抓住紙片。

赫颯抓過，「上面還寫著字。」

字跡已經模糊得快看不清了，赫颯只能勉勉強強地讀出來。

「我走了，請忘記我。」

只有一行字，「忘」字似乎寫得格外用力，尤其是上半部分的那個「亡」，到現在都還能看得清楚，可見當時它寫下這個字時的心情。

「遺言？」赫颯正反面都翻了翻，「沒有別的，就這麼莫名其妙的一句？而且如果這是遺書，怎麼還在它身邊？」

「也許是最後猶豫了，沒有送出去。」林深繼續翻著本子，搜尋著什麼，最後目光停留在封底的夾層處。

「怎麼了？」赫颯湊上去看，「啊，是一張照片。」

大概是十幾年前拍的了，照片都有些褪色了，但還是能夠看出上面兩個人的面容。

男方身材高䠷眉目俊朗，只是穿著略顯樸素；女孩臉帶羞澀，有些親暱又害羞地環著男方的胳膊，似乎是不習慣在他人面前表現得如此親密。從兩人羞怯又幸福的笑容，就能看出是一對熱戀中的情侶。

這張照片一直被小心翼翼地保管在筆記本的夾層裡，直到最後，都還跟在它身邊。

不，該說是他了。

照片上眉目清朗的男人，為什麼會孤零零地在山壁上斷送性命？

赫颯有些唏噓：「多配的一對情侶啊，可惜了……」

林深沒說什麼，將照片翻了過來，果然背後寫了日期，還有名字。

游嘉與敏敏，攝於二〇〇二年五月。

將照片重新塞進夾層後，林深闔上了筆記本。

「至少現在知道了他是誰，就不用再把他埋在後山了。」林深有些不耐煩地道：「後山都快埋不下人了，挖坑又麻煩。」

原來是因為這樣，才這麼積極地尋找骷髏的身分？赫颯翻了個白眼。

他看向身邊的那具白骨，再聯想到剛剛照片上那個英姿勃發的男人，莫名地產生了些感概。

「人啊，果然還是活著更好。」

至少活著時比死後帥氣多了。一具白骨，多麼淒涼又荒唐。

「你還想在這裡待多久？」

林深將筆記本塞進自己口袋裡，走到石臺邊緣：「你不回去嗎？」

「要啊，但是怎麼回去？」赫諷瞪著他，「跳下去，然後見閻王？」

林深不語，慢慢地走近他，伸手環過赫諷的胳膊——探向他身後的背包，摸索摸索後，拿出了一根繩子。繩子從石臺上面垂下去，離地面已經不遠了。林深將繩子綁在石頭上，拉了拉，夠緊。

回頭，他對目瞪口呆的赫諷說：「我剛想起來，雖然我沒帶繩子，但是出門前在你背包裡塞了一條。」

所以還等什麼？下去吧。

赫諷站在石臺上，迎風而望。不知是該哀嘆自己太笨，還是該痛訴敵人太狡猾……

默默地，內心流下一滴傷心淚。

由於只有一條繩子，不方便帶著骷髏回去，所以骷髏游嘉便暫時被他們留在了石臺上。

再次獨處的游嘉，空洞的眼凹望著遠方不知名的某處，許久，風吹動他身上破敗的衣衫，發出窸窸窣窣的聲音。

似乎，能聽見一個男人憂傷而低沉的聲音，隔了十數年的光陰，遠遠傳來。
我走了，請忘記我。
忘記我，忘記我，忘記……
不要，忘了我。

第十九章　十年等長生（三）

「什麼?!又要我去！」

林深看著大聲反問的赫颯，不作聲。

「讓我自己去把游嘉搬回來，那你要做什麼？」赫颯不滿道，「而且現在都快天黑了，不能明天再去嗎？」

「我當然有別的事要做。」林深側頭瞥了他一眼，「至於明天，你沒看天氣預報嗎？」

「什麼意思？」

「從明天開始，東部局部地區會有暴雨，部分地區持續多日。很不巧，我們現在所處的地方，就是暴雨地區。」林深道，「如果你不想過幾天去抬回來的是一堆破爛骨頭，最好現在就去帶他回來。」

赫颯一愣：「暴雨？可是他至少在那裡待了十幾年啊……這麼多年來，哪年沒下雨下雪什麼的，不還是……」

「他現在破成那樣，你再不去的話，明天過後說不定連骨架都要被沖到河裡去了。」林深說，「能禁得住十幾年風雨，不代表能受得住一輩子風雨。」

「哈哈哈……你這話還真有哲理。算了算了，我去就是了。」赫颯退一步，嘆氣道，「怎麼說也是我發現他的，總不能讓他屍骨不存……那你現在要去哪？」

正在收拾的林深頭也不抬地道：「白痴，當然是去山下的警局查游嘉的資料，看看他還有沒有親人在世。」

「哦！原來是這樣啊！」

赫颯撓了撓腦袋，林深還要大老遠地下山，自己只是去搬個骨架回來，應該不會比他辛苦。這讓原本準備抱怨的赫颯，有幾分赧然。

林深裝好那本筆記本，準備出門。

「對了，如果搬運游嘉需要幫手的話，你可以帶他一起去。」

「帶誰去？」

赫颯疑惑地順著林深的視線看去。

不知什麼時候，一個髒兮兮的少年站在門口，手扒著門，向屋裡看著。注意到赫颯的視線，小孩抬了抬眸，一雙黑漆漆的眼睛和他對個正著。

「他是什麼時候出現的！」赫颯冷不防地被嚇了一跳，這樣陰森森地出現，完全就像是背後靈。

「我之前就來了，在你們說話的時候。」

林深沒有出聲，少年卻是開口了：「我叫韓志，是來這裡幫林哥做事的。」

「童工?!」赫颯對林深怒目而視。

林深沒有反應，韓志卻激動起來，為他辯駁道：「不是童工！是我求林哥讓我來幫忙，然後……林哥換點東西給我而已！」

「哦，不是童工……是非法雇用。」

「不是！我們這叫等價交換！」

「噗，小朋友你還知道等價交換，那你知不知道什麼叫誘拐未成年？我告訴你啊，山上有很多怪叔叔，就喜歡你們這種年紀的小孩。」

「那是你吧，林哥才不會這麼做。」

見兩人忙著鬥嘴，林深走出門，對赫諷道：「韓志有時候放學後會來我這裡幫忙，你可以讓他做一些簡單的事，再給他幾盒泡麵帶回去。」

「喂喂，你這薪水也太廉價了吧！」赫諷對著他的背影不滿道。

「不准你說林哥壞話！這個價錢是我自己定的，我只要這麼多就夠了！」

「哈！還說你不是童工，都會自己定薪水了。」

「唔……」

林深臨走前，轉頭看了一眼，無奈道：「不要太欺負他。」

「你放心。」赫諷笑得一臉溫柔，「我怎麼會欺負小孩子呢？我可是最溫柔、最和藹可親的大哥哥了。」

林深懶得再說了，直接走掉。

帶著韓志一起上山，赫諷就覺得沒那麼無聊了。逗弄這個倔強又頑固的小孩頗是有趣，而且韓志還特別喜歡護著林深，這讓赫諷戲弄起他來一點難度都沒有，只要把心裡平時對於林深的真心話漏幾句出來就好。

不過對韓志來說，跟著這個壞心眼的大叔，就一點也不開心了。

赫颯抗議：「為什麼叫林深哥哥，叫我就叫大叔？」

「哼！」

「其實他比我還大一歲，也叫我哥哥吧？」

「哼哼！」

赫颯看著彆扭的少年，微微一笑：「算了，你不願意叫我哥哥也沒關係。只是這樣一來，我就比林深大了一個輩分……嗯，這樣想也不錯。要不我想想，讓小一輩的林深叫我什麼好呢……」

「赫颯……」

「叫我什麼？」

「赫颯……哥……」

「聽不太清楚啊。」

「赫颯哥！」

「乖。」看著乖乖叫人的韓志，赫颯心滿意足。哼哼，林深我玩不過，一個小孩我還征服不了嗎？

哼著歌的赫颯，連腳步都輕快許多，走到那棵大樹下時，比平時少用了不少時間。

「來，過來叫人。」赫颯拍拍石碑，對韓志道，「叫姐姐。」

韓志看白痴一樣地看著他：「為什麼我要叫一塊石頭姐姐啊！你這個笨蛋！」

「石頭啊……也是呢，現在的確只是一塊石頭而已。」赫颯嘆了一口氣。

韓志耳朵動了動，悄悄地看著他。

赫颯端詳著石碑，表情有幾分苦澀。

「不久之前，她還是一個能笑能跳的女孩呢。一轉眼，只能被稱作是一塊石頭了……」

韓志驚訝地看著赫颯。

「唉……是我這個當哥哥的沒用，只能這樣來紀念她。我真是……」聲音裡透出幾分哽咽，赫颯的背影隱隱晃動。

韓志立刻慌了。

「我、我不是故意的！我不知道這裡是……」

「嗯……我也希望不是。」

「那個……你不要太難過了。」

「還好，也就一般般難過而已。」赫颯擤了擤鼻涕，扭過臉。

韓志不安地看著他，搓了搓手：「這位姐姐叫什麼名字？」

「小涵。」赫颯立刻來了精神，「你看，我還擺了一盆小魚在這裡陪她。可惜馬上就要下雨了，要把魚兒帶回去，不曉得這幾天她會不會寂寞呢……」

「寂、寂寞的話，我偶爾也可以上山來幫你陪陪她啦！」

「真的嗎？」赫颯抓住男孩的手，兩眼放光。

「偶爾！如果我有空的話……」

「哈哈，你真是個好孩子！」

使勁地揉了揉韓志的腦袋，赫颯放下背包，從裡面拿出繩子和布袋。

「好了，那我們開始做事吧，天都快黑了。」

看著迅速變臉的赫颯，韓志開始懷疑自己是不是被騙了，剛剛那一臉的悲傷哀痛呢？

赫颯回頭，看見他一臉懷疑的神色，嘆了口氣道：「少年，有時候大人不是不難過，只是再悲傷，日子還是要過啊！哪怕是正哭到一半，也是要擦乾眼淚繼續過日子的！」

韓志若有所思，看向赫颯的眼神帶了些敬意。

「這就是大人的堅強嗎？」

「沒錯，就是你想的那樣。好了，快點來做事！」

「嗯嗯！」

赫諷將繩子一端綁在自己身上，另一端在大樹上繞了一圈，確定夠結實後，準備下崖。

「阿志，幫我看好繩子！」

「好！」

看著腳下幾十公尺高的山壁，赫諷閉了閉眼，試著開始下滑。

沒花太久時間，赫諷順利地到達了那塊平臺上。赫諷鬆了一口氣，走到游嘉的屍體邊，一邊拿出袋子，一邊準備將人裝進去。

「兄弟，為了把你帶回去，我可是破了自己的紀錄啊。」

為了壯膽，赫諷繼續自言自語道：「我是第一次載人，作為第一位客人，不要太挑剔喔，在袋子裡磕著撞著什麼的，習慣就好。」

「好了，進去吧！」

撐好袋口，赫諷開始糾結起究竟要頭先放還是腳先放……要不索性將他對折直接塞進去，更省事！有了這個想法後，他抬頭看了那具骷髏一眼。

不知道是不是作賊心虛，赫諷總覺得游嘉那黑黝黝的眼洞，正緊地盯著自己，讓他汗毛直豎。

「哈哈，我開個玩笑而已嘛，不要生氣。」

大刺刺地拍了拍游嘉肩膀幾下，赫諷差點把他給拍散了。

「赫颯哥，你還沒好嗎？」上面，韓志大聲詢問。

「馬上就好！」

算了，先從腳部開始裝吧。

赫颯將袋口對著游嘉的腿，小心翼翼地從下面往上套，快要套到脖子時，他幾乎是將游嘉給摟在懷裡了。如此近距離接觸，赫颯還是有點緊張。

「我說你在這山上待了這麼久，每天都看些什麼呢？」

赫颯看著那具骷髏問。

當然，沒有人回答他，只是一對黝黑的眼洞，似乎是透過赫颯在望著他身後的某處。

「有什麼這麼好看？」

赫颯想著，轉過身。

此時，一片落霞從雲層間穿過。

正好將山下的鎮子完全籠罩在昏黃的暈光內，如一塊寶石一樣點綴在森林中的小鎮，一閃一閃地，亮起晚間燈火。

一排排如火柴盒般整齊排列的房子，鱗次櫛比；縱橫整個鎮內的街道上，可以看到黑點般的人在走動；一條小河穿過鎮子，帶著夕陽下的點點波光，徐徐流向遠方；幾縷炊煙飄上空中，和雲彩融為一體。

這一切，全在這一瞬間，被夕陽加上了魔法。

赫颯張了張嘴，看著好像發了光似的鎮子。

「原來這裡能看得這麼清楚啊……」

死去的游嘉，十幾年來就在這裡看著一切。

山下生活的人們，又有誰知道，在遠處的崖壁上，有一個沒了生命、卻一直默默地看著他們的人呢……

一邊是永眠的冷清，一邊是人世繁華。

看著身邊的骷髏，赫颯突然很想問——

喂，游嘉，你為什麼要死呢？

第二十章　十年等長生（四）

「游嘉……叫這個名字的年輕男性，是十多年前的失蹤人口。」

辦公桌前，穿著制服的員警一邊低語一邊調閱著資料。

「這個姓不算多見，排除不符合條件的……啊，找到了。游嘉，男，一九七九年生，二〇〇二年失蹤，到現在已經有十一年了。」抬起頭，員警看著林深道，「你們在山上發現的，很有可能就是這個游嘉。」

林深皺了皺眉：「失蹤十一年，沒有被宣告死亡？」

「要有利害關係人或檢察官去申請，才可以宣告失蹤者死亡。不過他的親人早就去世了，也沒人能幫他申請吧……不，等等，二〇〇九年的時候，檢察官曾打算提出申請，但是後來不知道為什麼，好像又不了了之了。」

「是有人阻止了？」林深問。

「也許吧。不過他也沒有親人了，誰會這麼做？」

「可以幫忙查一查看，游嘉有沒有妻子或是女友，名字裡有一個敏字的。」

員警聞言，苦笑道：「拜託，我們又不是偵探事務所，這些事怎麼可能會寫在上面。」

線索到這裡就斷了。林深看了看天色，沒有辦法，只能先返回山上。

「對了，等之後確認了那具白骨就是游嘉後，可以註銷戶口，進行死亡登記。」員警在林深身後，對他高喊道，「具體消息等確認後，我再告訴你一聲！」

林深揮了揮手，離開。

「唉，愛理不理的，怪人一個。」員警坐回椅子上，低低抱怨一聲。

「你說那個林深？」他的同事端了一杯茶過來，笑問。

「是啊，不是每次他們在山上發現了屍體什麼的，都會來這裡問嗎？來了這麼多次，也沒見他和我們熱絡過，老是一副不冷不熱的樣子。」

「我勸你少和他有牽連。」

「怎麼？」

「你不是本地人，不知道。做他們那種工作的人，本來就一身晦氣，再加上這個林深當年還是從樹林裡撿來的。」同事眨了眨眼，悄聲道，「鎮上的人都說他是不死之身，不然就是山裡的妖怪變的，不太願意親近他，不過也不敢得罪他就是了。」

「說些什麼呢，哪來的迷信啊。」

「真的啦！你不知道，林深當年死過一次，後來莫名其妙地又活了過來，所以我們才說他……」

兩人正竊竊私語間，門被敲響了兩下，一抬頭，竟發現林深正站在門口。

「我忘了東西。」

林深走到桌前，拿回那個筆記本後，若無其事地走了出去。

見他突然回來，兩名八卦的員警尷尬了半天，直到他完全離開後才緩過神。

「他不會都聽見了吧？」

「應該是……」

「唉，真倒楣！不過他怎麼一點反應都沒有？」

「這種怪人，誰知道他腦子裡想的是什麼呢……」

林深面無表情地走在路上，游嘉的筆記本被他緊緊地塞在口袋裡。一路上，對於客氣地向他打招呼的居民，他也只是輕輕點頭示意，不在意周圍人異樣的表情，向山上走去。

傍晚的山間已經有些涼意，即使是快到初夏的時節，這股冷意彷彿也能鑽進衣服，直戳進心裡去。林深搓了搓胳膊，加快步伐。寒冷似乎也凍住了他的臉，整個人面無表情。

直到那間木屋出現在眼前，他看見從窗子裡透出的燈火後，臉色才柔和了下來，嘴角帶起一絲微微的笑意。

他走向屋口，輕輕地推開門。

「歡迎回來！」

黑漆漆的一雙眼洞直撲而來，一個骷髏張闔著上下顎，對著林深迎面招呼。

在背景明亮的燈光映襯下，這一幕顯得格外詭異。

「赫颯，不要玩屍體。」

推開擋在自己身前的骷髏，林深無奈道。

「我這不是在玩，是和他一起迎接你回來。」赫颯笑咪咪地從骷髏背後鑽了出來，舉著骷髏的右手和林深打招呼。

「來，游嘉，我們一起揮手，歡迎林深回來！」

骷髏的右手被赫颯上下揮舞著，發出生銹的機器一般的吱呀聲。

林深聽得頭疼，揉了揉太陽穴。雖然外面很冷很寂寞，但是屋裡未免太過吵鬧了。

「看我的成果！」赫颯得意地道，「我找了些膠水和固定的東西，將游嘉全身的骨頭都黏牢了，怎麼樣，完不完美？」

他一邊欣賞著自己的傑作，一邊道：「這樣都可以放到學校去當標本了！」

「如果他還有意識，不會喜歡有人這麼擺弄自己的身體的，當心晚上他找你托夢。」林深涼涼道。

「啊哈哈……你在說些什麼呢。」赫颯呵呵笑著，一邊不由自主地將骨架端正放好，不敢再去玩了。

「你不是很怕這些嗎？怎麼，現在不怕了？」在門口換著鞋，林深道：「既然不怕，下次不要再推托抬屍體的工作了，不然就扣你薪水。」

「林深……」

「嗯？」

「我怎麼覺得你今晚話好像特別多。」

「是你的錯覺。」手指微微抽動了一下，林深道，「我一向話多。」

「是嗎，我以前怎麼沒發現？」

「你現在發現還來得及。」

赫颯投降：「算了，不和你爭這些了。怎麼樣，關於游嘉的身世，有線索了嗎？。」

林深看了看他：「大概確定他的身分了，但是他的家人幾十年前就全部去世了，他是最後一個。所以，沒有人會為他舉行葬禮，也沒有人會來接他。明天去後山挖個洞，那裡又要添新住戶了。」

「那個敏敏呢？」

「敏敏？」林深嘲笑，「不過是他生命中的一個女朋友，你以為過了這麼多年，她還會記得他？」

「我只是覺得，對於游嘉來說，她應該是很重要的人吧。游嘉死去的事，是不是至少也該告訴她一聲？」赫颯猶豫道，「而且，說不定她還在等游嘉回來呢！」

林深不屑地用鼻子哼了一聲。

「隨你。不過人海茫茫，你要怎麼找到這個敏敏，也是個問題。」

說完，就繞過骷髏走了進去。

「晚餐做好了沒，我餓了。」

林深脫下外衣，就要往餐桌走去，走到一半卻被赫諷拉住了。

「幹什麼？」他皺眉。

「東西交出來。」赫諷一臉嚴肅，「不交出來不准吃飯！聽懂沒有！」

林深默默地看著赫諷，半晌後，從口袋裡掏出那本筆記本，放到他手上。

「現在可以讓我去吃晚餐了嗎？」

「去吧去吧，在廚房裡面，自己端出來吃吧！」目的達成，赫諷不耐煩地揮手趕人。

林深哭笑不得地進了廚房，不一會，他端著菜走出來時，看到赫諷拿著手機，正對著那張合照左拍右拍，又在手機上鼓搗著什麼。

「你在幹嘛？吃飯了。」

赫諷抬起頭，神祕一笑。

「展現科技的力量啊，你這個山頂洞人，不會懂的。」

【尋人】請幫忙找到照片上的女人，用一千積分答謝！

按下確定鍵後，發了文出去，赫諷滿意地一笑。

這個時代，比起蠻力，智慧更重要啊。

迎著林深疑惑的視線，他得意道：「後天之前就會有結果，你等著吧！」

林深看著他嘴角得意揚揚的笑容，也笑一笑。

「是，我等著。那大偵探，要不要過來吃晚餐？」

「當然要！我做得那麼辛苦，怎麼能讓你一個人吃！啊，快放開我的馬鈴薯，林深！」

「已經吃下去了，你要到我嘴裡搶嗎？」

「靠，你噁不噁心啊！」

「不噁心。」

和赫諷吵吵鬧鬧之下，一頓晚餐很快就吃完了。

晚上，洗完澡回到房間後，林深閉眼躺在床上。

許久後，像是睡不著，他爬坐起來，拿出游嘉的筆記本，一頁頁翻看起來。

只是一些隻言片語，一句一句的，像是隨手寫的一些無聊的話。

今天和敏敏吃了莧菜包子，她不喜歡這個味道。

山上空氣不錯，敏敏說以後想要找個靠山的小鄉鎮住。

今天吵架了，因為一件小事，我有點後悔。

發薪水後，買了禮物去和好，被罵了，說我亂花錢。

敏敏做了生日蛋糕給我。
敏敏和我一起過年。
我馬上就要加薪了，想送敏敏一條裙子。
今天聊到說如果我們以後有了小孩，女孩就叫思敏，男孩叫……

後面的筆跡有些模糊，繼續看下去，滿滿都是記載著兩人的日常瑣事，有甜蜜苦澀，也有生活壓力。兩人的日子過得平凡，卻相當溫暖。

林深翻到最後幾頁，劇情急轉直下。

夠了，我忍受不了了。
我要離開。
一個人走。

就像一個美夢，到這裡被生生地打破了。

之後，游嘉走了。

他死了。

丟下他心心念念的敏敏，在十多年前，一個人離開。

那敏敏呢？她還活著嗎？她還在找游嘉嗎？

林深闔上筆記本，閉眼。這一次，他沒再夢到無數的黑影與重重惡言惡語，他看到了一對人影。

那是牽著手的一對情侶，彼此相攜，走了很長很長一段路。

最後，卻鬆開了手，背道而馳。

果然無論什麼時候，都只能是一個人。家人、愛人，最終都會拋下自己……

「林深……」

「林深！林深！」

林深猛地睜開眼，對上一雙清亮的眸子。

「我一直喊你都沒醒，是在做多好的夢啦！」赫颯抱怨道，把一邊的衣服扔到他身上。「出發吧，別拖拖拉拉了。」

「去哪？」

赫颯晃了晃手機，「找到敏敏了。」

照片上的女孩，還在。

但她知道她的游嘉，已經離開這世界了嗎？

敏敏。

敏敏，我愛妳。

敏敏……

耳邊的風送來一聲闊別已久的呼喚，一名正在行走的女人突然抬起頭，望向天空。

而在那裡，什麼都沒有。

順了順被風吹散的髮，她繼續在小路上行走。

當青春被歲月吞噬，愛情被生活磨平。

這個殘酷的世界，究竟還剩什麼？

天色，藍而空洞。

女人的身影，走遠。

第二十一章　十年等長生（五）

有時候，時間帶走的不僅僅是歲月，還有更多東西……

「早知道昨天晚上就把炒飯吃完了。」

赫颯看著鍋子裡明顯被蟲爬過的炒飯，哀嘆：「如果上天願意再給我一次機會，我一定會把炒飯吃光的！可惜，時間不能倒流……」

「走了。」

林深站在門口，不耐煩地催促道：「你再多愁善感個沒完，我就把你踢出去。剛才是誰把我從床上拉起來，還催個沒完的？」

「唉唷，我是心疼食物嘛。」赫颯放下鍋蓋，連忙向門口走去，「山上哪裡都好，就是蟲太多了。」

「是啊，聒噪的蟲也特別多。」林深白了他一眼，「既然你說找到敏敏了，那我們就下山吧。」

赫颯精神為之一振。

「說起這個，不知是巧合還是天意，你知道敏敏現在在哪裡嗎？要不要猜猜看？」

林深淡淡瞥了他一眼。

「是在山下的鎮子裡吧。」

「靠，你怎麼知道！我還準備讓你多猜幾次的說，太沒成就感了吧！」

林深走在前面，推開木柵欄。

「智商，我很早就說過了。」

「……」

赫諷懷疑自己是不是在山上待太久，智商開始退化了？不然為什麼每次和林深說話，都是他占下風？

天氣晴朗，少風，兩人腳下發力，只用了不到一個小時就到了鎮上。

兩人出門出得早，到鎮上時還不到早上七點。

這時鎮上出門的人還不多，除了一些學生和上班族以外，街上很少有人行走。赫諷特地挑了這個時間點，就是怕和敏敏錯過。

誰知當他們趕到對方所說的敏敏家時，敲了很久的門，卻不見人回應。

「出門去了？」

站在臺階下，赫諷數著腳下的青苔：「這麼早就出門？」

「家裡沒人。」林深從鐵門前回來，「我們還是來晚了，她不是昨晚就沒回來，就是一大早就出去了。」

「在這鎮上，晚上也沒什麼娛樂，不可能是夜不歸宿。如果是上早班……」林深想了想，「那就是在西山腳下，那裡的工人早上五點換班。」

「什麼工作？」

「挖煤礦。」

赫颯大驚：「挖煤礦？她一個女人去那種地方工作？」

相比起赫颯的驚訝，林深倒是習以為常：「男人還是女人，在生存面前有什麼不同嗎？不都是要吃飯？」

「我只是要表達……她現在的日子，有過得這麼苦嗎？」赫颯搖頭嘆息，「一個女人家，卻要做這種粗重的勞力工作。」

「也不是每個在礦場工作的人，都要下去挖礦的。」

「那也還是很辛苦啊！」

「這叫自食其力，憑什麼覺得女人不能做粗重的工作？」

「我這叫憐香惜玉好不好！」

林深不屑：「你只是性別歧視而已。」

「林深，你——」

赫颯氣急，不明白林深為什麼從剛才開始就挑自己的刺，就算他心情不好，也不能拿無辜的人來開刀嘛！

「林哥、赫颯哥？你們怎麼在這裡？」

身後傳來一聲驚訝的呼喚，才打斷了兩人幼稚的爭吵。

兩人回頭一看，見是韓志正站在他們身後，男孩背著書包，手裡還牽著一個比他小不了幾歲的女孩。

「阿志啊，這麼早就要去上學啦？」赫颯懶得理林深了，索性和韓志搭起話來。

「手裡牽的是你妹妹？」

「不是我妹妹，是……」

「你們站在這裡做什麼！」

不等韓志說完，他手邊的小女孩一叉腰，板著一張臉戒備地看著兩人：「為什麼一大早上就站在別人家門口？」

赫颯哭笑不得，小女孩像防賊一樣地看著他，讓他覺得自己好像是誘拐蘿莉犯……

「小妹妹，我們只是來找人的。」

「找誰？」

「找住在這裡的人啊。小妹妹趕緊去上學吧，和妳沒關係的。」

「當然有關係！」女孩上前一步，踏到赫颯面前，小小的手指指著他身後的那扇鐵門道，「這裡是我家，你們堵在我家門口找人，能不關我的事嗎？」

赫颯呆住。

小女孩聲色俱厲道：「你們最好老實交代究竟是來做什麼的，不說清楚的話，我去叫警察叔叔把你們通通關進監獄！讓你們天天吃老鼠！」

赫颯嚇呆了，這年頭的孩子怎麼一個比一個還生猛啊？

林深不知何時走了上來，低頭看著女孩，道：「妳住在這裡？」

「是啊。」

「和妳媽媽一起嗎?」

「只有我和媽媽!你們究竟想做什麼?」女孩防備地看著林深,將韓志拉到自己身後,「小志哥哥,我們快跑,這兩個壞人是來拐賣我們的,不要讓他們抓到了!」

「敏敏……」韓志苦笑,「不是妳想的那樣的。」

林深聽見韓志的稱呼,耳朵動了動:「妳叫敏敏?」他對著小女孩問,「游思敏?」

「不是!是李思敏!」小女孩問,「為什麼你知道我的名字?你們究竟是誰?」

這時,赫颯也反應過來了,帶著一臉和藹可親的笑容,湊上前道:「我們是妳爸爸派來找妳的人啊,是來找妳和妳媽媽的,敏敏。」

他本以為這麼一說,女孩就會放鬆戒備,誰知道李思敏瞪大眼看了他好一會,突然伸腳踩了他一下後,瞬間跑遠。

「我才沒有爸爸呢!」

小女孩跑得太快,幾個人拉都來不及拉。

「我說錯了什麼嗎?」赫颯瞠目結舌,看著女孩跑遠的背影。

林深若有所思:「不是你說錯,我看問題應該是出在游嘉身上。」

「怎麼說?」

「看到這對母女的處境還不明白嗎?」林深道,「生活艱難,又獨自養育女兒,對於一個女人來說，這是多大的負擔？游嘉這男人，卻在十年前對這對母女不告而別。」

他看著赫諷，緩緩道：「我們現在要擔心的，不是敏敏知道游嘉已死後會傷心過度，而是要擔心她會不會衝上去毀屍滅跡。」

「……」赫諷張了張嘴，說不出話來。

事情怎麼會變成這樣呢？

在他原本的想像中，這是一對相愛至深卻被迫分開的情侶。現實卻似乎是游嘉拋棄妻子，獨自瀟灑地死去了，留下敏敏苦苦養大他們的孩子。

究竟怎麼回事？

赫諷喉頭乾燥，吞了吞口水道：「我還是不相信，游嘉會是這樣的人。」

「身為一個只見過他屍體的人，你有多了解他的品性？」林深不以為然，語氣冷漠地道，「不過這也不關我們的事，只要把游嘉的死訊告訴敏敏，之後就與我們無關了。別人的事，你考慮得太多了。」

赫諷無言以對，心裡有幾分惆悵茫然。

難道，游嘉真的只是一個自私地拋下妻女的人？因為害怕生活的壓力，所以才選擇用死亡來逃避？

「赫諷……哥。」一直被他們忽視的韓志終於開口說話了，「真的是敏敏的爸爸拜託你們來的嗎？」

一個大敏敏，一個小敏敏。想起剛才那個古靈精怪的小女孩，赫颯苦笑。

「廣義上來說的確是，但是她們好像不太歡迎我們。」

韓志低頭不語。

「阿志，你知道敏敏和她媽媽的事嗎？可以告訴我們嗎？」

「我、我知道的也不多……我媽媽說，敏敏和她媽媽是十年前搬到鎮上來的，一直以來都只有她們在一起生活，別的就不知道了。」

十年前，和游嘉死亡的時間剛好吻合。

「她們搬過來的時候只有兩個人嗎？」赫颯追問。

「好像是的。」韓志點點頭：「媽媽還說，那時因為敏敏的媽媽一個人帶著孩子搬來，大家都說她是不好的女人，平常都沒有人願意和她們說話。」

一個孤身女子，帶著襁褓中的嬰兒搬到陌生城鎮居住……確實容易引起周遭異樣的注目。

赫颯大概也能猜到，敏敏當時承受了多大的壓力。

他嘆一口氣，再次感嘆。

游嘉啊游嘉，你究竟為什麼要死呢？

只是這一次，所問的含義卻截然不同了。

第二十二章　十年等長生（六）

這一次的造訪，赫颯和林深算是失敗了。

原本赫颯打算直接到敏敏的上班地找她，卻被林深阻止了。

「這件事你還想讓多少人知道？」林深斜眼看他，「知道的人越少，她們現在的生活才越不會被擾亂。」

「抱歉，我太心急了。」赫颯腳步頓了頓，臉上露出一絲困惑，「那麼現在該怎麼辦？」

「回山上去，等下午換班時再去找她。」

「也行……啊，不對。」赫颯又轉口道，「調味料已經快沒了，今天得再去買一點。」

「你自己去。」

「米也不夠了，也要買幾包米。」

「你自己去。」

「蔬菜倒是有，就是少了點肉味，難得下山，要不要買點肉回去加菜？」

「你自己去。」

「我昨天剛學的紅三剁和紅燒獅子頭，要試試看嗎？」

林深終於停下腳步，轉過頭來無奈地看著赫颯。

「去哪買？」

見終於拉到幫手，赫颯開心地道：「先去附近的商店，再去菜市場逛一圈，順便買點肥料回去。山上的菜苗……」說到一半，赫颯突然覺得有些不對勁，微微側身看去。

果然，韓志還待在原地，正呆呆地看著他和林深。

「你怎麼不去追小敏敏？讓她一個人跑掉沒關係嗎？」赫颯皺眉問。

「有差嗎？」韓志不解地反問，「她記得去學校的路啊。」

「我擔心有壞人拐……」赫颯說到一半住了嘴，想起剛才小敏敏口中的人販子就是自己，不由苦笑。再想想這個小鎮才多少戶人家，彼此都認識相熟，應該不太會出什麼意外，於是他就不再擔心了。

「那你還在這裡幹嘛，不用上課嗎？」

韓志張了張嘴，古怪地看著林深與赫颯，想說什麼，又不知道如何開口。

「林哥，你……還會待在山下嗎？」

「嗯。」

見林深面不改色地回答，似乎沒什麼大不了的樣子，韓志放棄了最後一絲猶疑。

「好吧，那我去上課了，林哥、赫颯哥再見。」

赫颯揮了揮手：「快去快去，別遲到了。」說完，他便拉著林深向街上走去，嘴裡還嘟囔著，「韓志這小子，幹嘛詭異兮兮的……」

殊不知，在他身後，韓志走一步三回頭，看著乖乖跟在赫颯身後的林深，不可思議地連連感嘆：「林哥竟然願意在山下待這麼久？我不是在做夢吧……」

赫颯不知道的是，林深每次下山，從來不會待超過半個小時。這一次，算是破了前例。

兩人沒走多遠，來到赫颯上次買東西的店家。很明顯地，老闆娘也還記得這個長相帥氣的青年，他一進來就熱情地招呼著。

「帥哥，好久沒看到你啦，今天要買些什麼？」

赫颯一見到對方，下意識地就露出一個溫和的笑容，與在林深面前的形象截然不同。

「調味料跟米都沒了，來補個貨。」

「真的啊，那要不要阿姨幫你介紹一下哪些好用啊？」

老闆娘眼中露出幾分羞怯，雙手不由自主地捧住臉頰，一副少女懷春狀。

唉，自己真是造孽啊。

心裡一邊感嘆著自己招蜂引蝶的技術，赫颯一邊不忘記利用這份優勢，從老闆娘那裡打聽鎮上的消息——尤其是關於敏敏母女的。

「哦，她們是十年前搬到鎮上來的，聽說起初是私奔出來，所以和家裡斷了往來呢。」老闆娘一臉八卦道，「不過這大敏也過得不容易，一個女人家獨自帶著小孩，也不知道怎麼熬過這些年的。要我說，那個拋棄她們的負心男就是一個不可原諒的大混帳！去死死算了他！」

赫颯的微笑變成苦笑，那個「混帳」確實是死了。

「那老闆娘，妳還知不知道……」

林深站在店外，等得有些不耐煩，他透過玻璃向裡面看去，見赫颯正帶著一臉凝眼的笑和女老闆說著什麼，兩人還時不時發出笑聲。林深壓低眉毛，心裡有幾分不愉快，想了想，還是推門進去找人。

「你還要在這裡待多久？」

赫颯聽到身後有人催促，一轉頭，林深一臉不耐地看著他。

「啊，再等一下就好，我問問老闆娘附近哪間店的肉好吃……老闆娘？」

赫颯轉過頭去時，見到老闆娘臉上的笑容突然變得有幾分僵硬，表情也尷尬起來。

聽見赫颯喊自己，她才有些回過神。

「啊，帥哥你是和林、林深一起來的啊……」

「是啊。」

「這樣啊……抱歉，我有些走神，你剛剛問什麼了？」

見老闆娘一副心不在焉的模樣，赫颯心裡不免感到奇怪。而林深卻是了然地看了他們一眼，說了一聲我先出去，便推開門繼續到外頭等。

林深一出去，赫颯就聽到老闆娘悄悄地鬆了一口氣。

赫颯的笑意有些冷了下來。

「老闆娘認識林深嗎？」

「認識啊，我們鎮上誰不認識那個傢伙，那個遭……啊。」似乎意識到赫颯和林深的關係，老闆娘連忙捂住自己的嘴，尷尬地笑，「小林哥我們都認識的，和他爺爺在山上住了幾十年，一直都沒離開過。帥哥你和他是？」

「我是他的新員工，現在也住在山上。」

「是嗎？那帥哥你可要小心一點，山上野獸多，那個林深也有點邪門……」

「我會注意的。」赫颯微笑，客氣道：「阿姨，幫我結帳吧。」

「哦……好好好。」

結完帳後，赫颯沒再多聊就離開了。

老闆娘遺憾地看著他離開的背影，明明這個年輕人還是一樣笑得燦爛，她怎麼就覺得那笑容裡有了幾分疏離呢……

「久等了。」

赫颯拎著一包東西出來，林深看了看，從他手裡接過。

「接下來要去哪？」林深拎著東西問。

「不去了，回去吧。」

林深回頭看了赫颯一眼，問：「不是還要去其他地方嗎？」

赫颯笑一笑：「我突然想了想，家裡的米還夠，肉的話，抓幾隻兔子來吃不算犯法吧？能省則省嘛。」

林深停下來，深深地看了他一眼。

「就因為這個？」

「其實，還有別的原因。」赫颯一臉狡黠道，「省下來的錢，能不能加到我下個月的薪水裡？」

林深注視著他好久，赫颯一直保持著討好的微笑，似乎為下個月的薪水在拚命努力著。

不知為何，看著這張刻意討好的臉，林深卻覺得心情莫名地好。他不自主地伸出手，伸向赫颯湊過來的臉頰。直到手伸到赫颯眼前時，兩人都是一愣。

林深頓了一下，轉了個方向，用力地彈了赫颯額頭一下。

「下個月的薪水，照舊。」

「哎，我就知道，我找了個小氣鬼上司。算了算了，回去吧。」

聽著赫颯在自己身後抱怨，走在前面的林深，嘴角不經意地帶上一抹笑意。

兩人走到山腳下時，時間已經到了上班高峰時期，街上的人逐漸多了起來，上山的路倒是格外清靜。

赫颯一邊走路，一邊回想著一些細節。

從今早開始，林深的心情似乎就不太好，不，應該說是每次下山的時候，他就是這副樣子，要死不活的，不想和任何人多說一句話。

一開始，赫颯只以為是林深自己的原因，不過在看見了那家商店的老闆娘的反應後，他隱隱明白了些什麼。

就像此時走在街上，卻只有他們旁邊沒什麼人，鎮上居民似乎都刻意繞過了林深。有些人雖然會客氣地上前打招呼，但是從他們的表情來看，赫颯還是知道他們對林深的排斥。

任何遭遇到這種對待的人，都不會願意下山吧。赫颯嘆一口氣，追上走在前面的林深。

「喂，你走太快了，不能等我一下嗎！」

林深看著他，眼底的黑色似乎淡了一些。

「是你腿太短。」

「你能不能用好聽一點的形容？」

「我腿長，比你高。」

「算了，你還是閉嘴吧。」

此時，一個渾身髒兮兮的人影從後面跑了上來，也不知看沒看路，那人眼看就要撞上了他們。

聽見腳步聲很近，赫颯連忙拉過林深，怕他被撞到。

究竟是誰走路走得這麼冒冒失失？

誰知道，那人走到他們面前，竟然停下來了，還抬起頭，緊盯著兩人看。

「你找……誰？」

赫颯剛問出口，來人抬起頭，露出一張滿是煤灰的臉。汗漬從原本白皙的臉上滑過，滑稽地留下一道道汙濁的痕跡。

這人一開口，赫颯就愣住了。

「是游……是他讓你們來找我的？」

明明帶著一副邋遢又髒兮兮的外表，一開口卻是溫柔女性的嗓音。

赫颯嚇呆了。

林深比較冷靜，他看著眼前這個還喘著氣的女人，問：「妳是敏敏？」

女人冷漠地看著他們。

「李薇茗。」

她說話的時候，發白的唇上下啟合，乾燥得似乎都快裂開。兩手緊緊攥在一起，手上也黑黑的，而指甲甚至變得灰濁不已。眼角已經有了深深的刻痕，帶著幾分疲憊和麻木。

「會喊我敏敏的人，十年前就不在了。」

相片上會羞澀地微笑、緊緊拽著游嘉胳膊的美麗女子，似乎隨著游嘉的離去，也一同消失在世上了。

眼前的這名女子，是苦苦賺錢養女兒，過一天算一天的李薇茗。

不堪又殘酷的現實，將記憶中的美好抹殺。

十年，似乎什麼都變了。

只是永遠活在過去的那個人，會不會還一直記掛著，他的敏敏。

第二十三章　十年等長生（七）

噹啷！

鎖鏈敲擊在門上的聲音，帶著冷銳的金屬感。

李薇茗拉開鐵門，抖了抖黏在手上的鐵銹，對身後的兩人道。

「進來吧。」

赫諷緊跟在她身後邁進門，迎面望見的是一個狹窄的小庭院，還不足三、四坪，牆角處放著一輛舊腳踏車，左邊堆著一些籃子，僅僅這點東西，就占了庭院大半位置。

人只能從中間那條窄窄的通道走進去。

庭院緊連著房屋，是一幢不知什麼年代建成的平房，紅牆黑磚，牆縫上有幾處缺口勉強用水泥補上了。

進了平房後才發現，裡面只有一個房間，東側放了床鋪，西側是瓦斯爐臺，中間則用兩片垂簾隔開，算是隔出不同空間了。

這個不大的房間多了兩個大男人後，連站的地方都沒有。李薇茗彎腰收拾了一陣，才勉強收拾出一塊空處讓兩人坐。

「只有白開水，要喝嗎？」

看著李薇茗準備去倒水，赫諷連忙揮了揮手。

「不用了，我們不渴，謝謝妳的好意。」

「是嗎？」李薇茗淡淡應了一聲，「那就來說正事吧。」

她走到兩人對面，找了張舊報紙墊著，席地坐下。

「他讓你們來找我做什麼？」

赫颯喉結上下翻滾了一下，感受到一陣莫名的壓力，自己明明不是當事人，為什麼卻有股愧疚感呢……赫颯苦笑一聲，對自己的想法感到無可奈何。

見赫颯和林深誰都沒開口說話，李薇茗思量一會，道：「剛才敏敏去找我，說是有自稱是她爸爸派來的人找來。我起先不信，不過現在看你們的模樣，倒是信了幾分。」

「呵呵，其實我們也不算是游嘉派來的，大概算是自作主張替他走一趟吧。」

「是嗎？」李薇茗的眼裡似乎毫無波瀾，「他現在過得還好嗎？」

「還……等等，你不認識這傢伙嗎？」赫颯正準備回答，卻突然發現了什麼不對，他指著林深對李薇茗問，「你看到他，難道就沒想到什麼？」

李薇茗奇怪地打量了他們一眼：「我為什麼要認識他？又要想到什麼？」

「因為林深他是……」赫颯沒再說下去。

鎮上的人大多認識林深，並熟知林深的工作，但是李薇茗卻不知道，也就是說她並不知道他們為何而來，對於他們即將要告知的事情，也一點心理準備都沒有。

就這樣直接告訴她游嘉早在十年前就死了，真的好嗎？

雖然李薇茗看似滿不在乎，對於往事隻字未提，但是赫颯還是不敢輕易說出真相，他只能求救似地看向林深。

「我們替游嘉來看你們一眼。」林深道。

「看我們？」李薇茗嘴角勾起一抹冷笑，「我和他有什麼關係嗎？沒這個必要吧！」

糟了糟了，恨意滿滿啊！

赫颯暗叫不好，連忙道：「其實他也有苦衷的……」

「苦衷？什麼苦衷能讓他在我懷孕後拋下我？就算是有，現在為什麼不自己來彌補，而是要讓別的人替他來？」李薇茗咄咄逼人道，「他根本不在乎我，不是嗎？」

「這……」赫颯心裡苦笑，如果一個死在十年前的人來看妳，妳真的會嚇死吧……

比起赫颯的猶豫不決，林深直接多了。

「妳知不知道他十年前為什麼要離開妳？那時他有沒有對妳說些什麼？」

「我不知道，也不想知道。」李薇茗冷冷地回答。

「也許他是迫不得已。」

「沒有什麼迫不得已。」

「也許是有人逼著他離開妳。」

「夠了！不要再替他說話了！」李薇茗情緒激動起來，「什麼相逼？我當年為了他離家出走的時候，他怎麼不說！十年前，我和家裡斷絕關係的時候，他怎麼不說！他要走就走，為什麼現在又要讓你們來找我？為什麼？」

像是被一塊石子打破平靜的湖泊，深湖裡激蕩許久的暗流在這一刻奔湧而出。原本強自鎮定的李薇茗，終於掩飾不住內心的情感。

「為什麼，十年後才來找我……」這個用麻木來偽裝堅強的女人，忍不住用雙手捂住眼睛，哽咽起來，「為什麼我等了十年，他都不肯親自來看我一眼……他可以不要我，但為什麼不要自己的女兒呢……」

淚水在乾澀的眼眶裡打轉，李薇茗聲音沙啞，巨大的哀愁和悲苦掩藏在胸中，吐也無法吐出，清也無法清走，只能越釀越深，越釀越愁。

然而，脆弱只是一會，很快她擦乾眼淚，抬頭看著兩人。

「算了，他現在想算舊帳是吧？」她冷冷道，「可以，只要他將這十年我女兒的養育費一次付清，我就和他毫無瓜葛了。」

「什、什麼？」赫諷木然，事情怎麼變成這樣了。

「只要給我錢，我就答應不再找他，你們不就是為了這個來的嗎？」李薇茗道，「我早就想明白了，感情不能當飯吃，我要養女兒，要過日子，他不要我們母女可以，但是要給錢，起碼讓我們母女可以活下去吧。」

赫颯連忙要解釋：「呃，我們不是——」

林深卻突然拉住他：「妳剛才說，十年前妳家人要和妳斷絕關係？」

「是啊，問這個幹嘛？」李薇茗不耐煩道。

「妳和家裡還有在聯絡嗎？」

「這跟剛剛我們談的毫無關係！」

「有關係，如果妳想知道游嘉現在在哪的話，就告訴我詳情。」

這個被歲月折磨的女人抬起頭，用仇恨的眼神死死看向林深：「你想知道什麼？」

「一切。」

「早就沒有聯絡了，自從知道我懷上這個男人的孩子後，家裡就巴不得和我撇清關係。他們……」李薇茗苦笑一聲，「不說也罷。」

「游嘉知道妳家人在找妳，威脅妳回去的事嗎？」

「他哪裡會知道？那時我們忙得連飯都來不及吃，他每天上那麼多班，他怎麼會……」李薇茗突然停住了，像是想起什麼般，不可思議道，「對，他不可能知道的！我根本就沒有和他說過！」

「什麼事？」林深問，可李薇茗一副神遊天外的模樣，根本沒有聽見他的問題。

林深追問：「什麼事妳不想讓游嘉知道？」

「那時我媽媽重病在床，想要我和游嘉斷了關係，回家陪她。可我那時候已經懷了游嘉的孩子，我怎麼能丟下他一個人？後來，我沒有回去，而我媽媽到最後一直在叫著我的名字，說著『敏敏啊，回來再見媽媽一面吧』……」

李薇茗捂住眼睛：「我後來才知道的，她那時候已經不行了，家裡想讓我見她最後一面。可那時我只想著我有孩子了，絕不能回去……我連我媽媽最後一面都沒見到，我太不孝了！」

想起母親臨死前的呼喚，李薇茗眼底的淚水再也忍不住，成串地直落下來。

「自那以後，我再也不敢回家了。我的生命中，只有他跟孩子了，為什麼他還要拋下我！」

李薇茗摸著自己的肚子，喃喃道：「在我懷孕剛剛一個月的時候，他突然不見了。我不知道他去哪了，一直在找他。」

「他說過要搬到臨近山林的鎮子上住，我就搬到這來等他。一開始，每天都在等……可是等了十年，我沒有等到半個人。」

她無助地將頭埋進雙手裡：「我現在什麼都沒有了，我什麼都不敢期盼了，他不來找我也好，不要我也好，我只有女兒了……」

赫颯看得於心不忍：「敏敏……」

「不要叫我這個名字！會這麼喊我的人，十年前就不存在了！」

紅顏已去，如今這個憔悴不堪的女人，心裡不敢抱有一絲期望，也不再懷有一絲期待。她像是被時光捶打的一塊碎石，生生被磨去所有風骨，那是多刻骨銘心的一種痛……

林深面無表情地看著撕心裂肺的李薇茗，以及站在她身旁手足無措的赫諷。

他靜默了許久，突然開口。

「我想尋找這樣一個地方，安靜，平和，沒有紛爭。」

「我要帶著她去那裡生活，我會努力努力賺很多錢，讓她每天吃飽穿暖，讓她每天都有新衣服穿。」

「我要讓敏敏不再跟著我受苦，到時候我們天天去山上看風景，找最好的一塊石頭，一起看日落日出。」

「等有了孩子，就帶著孩子一起去，如果是個男孩，我會教他捕兔子，如果是女孩，一定跟敏敏一樣漂亮溫柔。」

「敏敏的手很白很嫩，但是她最近接了那麼多家庭代工，每天看到她手上的傷口，我都恨不得打死我自己。」

「為什麼我這麼沒用！」

為什麼他這麼沒用！他賺不到錢讓敏敏過好日子，只能讓她跟著自己受苦，他這個廢物，除了讓敏敏跟著他一起受罪，還能幹什麼？

他後悔了，他受不了了。

他忍受不了看著敏敏一天天瘦下去，看著她的手一天天變得粗糙，看著她一天比一天憔悴。

如果……

是自私地占有，然後讓她一輩子跟著他吃苦嗎？不，這不是愛。

敏敏的家人來找她了，他們要帶她回去嗎？他們要分開了嗎？

愛究竟是什麼？

如果他離開，她就能恢復以前的生活。

她可以找到一個更愛她、更有能力的男人，過上幸福的生活。

那個人不是他。

只要他離開就可以結束這一切，自己不能自私地拖累她。

他走了，敏敏，不要想他。

他走了很多地方，最後來到以往和敏敏說好的，那個屬於他們的世外桃源。找了一個地方，靜靜地一個人待著。

山下的人們每天過著自己的日子，他也一直看著。

原本如果一切都順利，他可以帶著敏敏一起在這裡生活。看著山下的小鎮，他想起了曾經的一個夢。

夢裡，他和敏敏在這裡過著平凡幸福的日子。

他們會有孩子，他會親眼看著孩子長大，送孩子去上學，教會孩子道理。

孩子會抱著他和敏敏喊爸爸媽媽。

多美好的夢。

只可惜，永遠只能是夢了。

敏敏，他要走了，要找個更好的人過一輩子……

「我走了，請忘記我。」

林深念出這一句後，拿出那本筆記本。厚厚的一本，滿滿記著游嘉和敏敏在一起的每分每秒。

李薇茗瞪大了眼，難以置信。

「是，如妳所說，會喊妳敏敏的人，確實十年前就不在了。」

「游嘉，到最後都一直在看著妳。」

在那遠遠的崖壁上，一個男人枯坐著，用垂死的雙眸望著小鎮。

而小鎮上，李薇茗懷著肚子中的小生命剛剛搬來，堅強而又頑固地，開始了漫長的等待。

他們是否曾經隔著那遙遠的距離，彼此互望過一眼呢？

只不過，一個望見的是夢中的幸福，一個看到的是無盡的等待。

如此，便是十年。

林深對她說：「我不會給妳什麼贍養費，因為游嘉直到最後，都還愛著妳。」

敏敏呆坐著，伸出手，顫抖地摸上那本筆記本，下一秒，像是怕被人搶走似地緊緊抱在懷裡。

她像孩子一樣哭得鼻涕直流，哭得難看又滑稽。如同落水垂死的人，緊抱著最後的浮木，一遍又一遍地喚著那個人的名字。

「游嘉，游嘉……」

十年的等待，一個選擇放棄，希望對方幸福；一個苦苦守候，期待又不敢期待。

是放棄的人錯了嗎？

是堅持守候的人錯了嗎？

生活有時候離奇又好笑，因為一個小小的錯過，變得殘酷又殘忍，但是它帶來的幸福和溫暖，又讓人戀戀不捨。

人永遠不會知道，在他離開以後，失去的會是什麼。

赫颯蹲下，輕輕摟住敏敏，安慰地拍著她的肩。

此刻他真想立刻回到山上，把游嘉的骷髏拿出來用力搖晃一番！

王八蛋，有種就別死啊！

第二十四章　十年等長生（八）

五月，山上的野草瘋也似地爬滿山野。

不經常有人走的小路，幾乎快被這綠色完全覆蓋了，一不小心，便會讓人從山路上走到別處去。如果沒有熟知方向的人來帶路，很容易就會迷路。

「哎呀！」女孩腳下一個打滑，快要摔下去。

「敏敏！」走在前面的人趕緊伸出手去，緊緊抓住她的胳膊。

「沒事吧？」男人擔心地問著，「有沒有受傷？腳扭到了嗎？要不要休息一下？不然還是我來背妳吧？」

「沒事。」女孩哭笑不得，握了握對方的手，安撫道，「只是腳滑了一下，我可以自己走。」

男人用擔心又責怪的目光看著她，像是責備她如此不小心，然而眼神裡又帶著繾綣的溫柔，讓她心裡暖暖的。

「妳走前面，我扶著妳，來。」

「嗯。」

兩人沿著蜿蜒的小道上山，茂密的樹林間，偶爾可以見到他們相攜攀登的身影。兩隻手緊握在一起，似乎不願意和對方有片刻分離。

「到了！」

爬到山頂時，男人側過身，興奮地對女孩道：「敏敏，妳看到了嗎？」

女孩晚一步登上山巔，放眼望去。

遠處是一片高低起伏的山巒，漫山樹木像是一望無際綠色的海洋，偶爾風吹葉動，掀起綠海中一波又一波的浪濤。深林山鳥被此風驚起，鳴叫一聲，飛出林間，在天空盤桓著，一圈又一圈。而頭頂那抹藍白色的天穹，彷彿觸手可及，輕輕一觸，柔軟的白雲就可以摘至手心，任人愛撫。

萬丈高的金芒從雲層間灑落，輕撫著兩人臉龐。

女孩為眼前的景色所驚嘆時，身旁的人牽起她的手，溫柔地笑：「漂亮嗎？敏敏。」

「嗯！」

「這就是我想讓妳看到的景色。以後，我們找一處靠近山林的住處，每日日出而作，日落而息，過著神仙一樣自在的日子。」

我想讓妳看到的，不是世間最美的景色，是我心裡最美的夢。

是我們一輩子幸福地生活在一起。

敏敏，妳看到了嗎？我想讓妳看見的，這個夢。

「敏敏，小心點！」

一聲驚呼，讓她從回憶中驚醒。抬頭一看，那個不請自來的客人，正伸手拉著自己的女兒，一邊還皺著眉頭輕罵。

「走路的時候發什麼呆！要是剛剛摔下去怎麼辦！我說妳……真是……」

女人忍不住笑了出來。

正在教育小敏敏的赫諷奇怪地轉身，見到李薇茗的笑容，先是有幾分驚訝，隨後恍然大悟般。

「啊，不好意思，我不是故意念妳女兒的，是一時心急就……」

「沒關係。」李薇茗似乎笑得開懷，伸出手，輕輕地擦去眼角笑出來的一點淚花，「我只是想到了以前的事，才忍不住笑出聲。敏敏，過來。」

她對女兒招了招手，小敏敏委屈地撲到媽媽懷裡。

「媽媽……」

「爬山的時候要小心，千萬不能恍神，知道嗎？」

「可是……媽媽，我剛才只是看到了一隻蝴蝶。」

「敏敏。」女人耐心道，「妳對媽媽來說很重要，妳要是受傷了，媽媽會很難過的，知道嗎？」

小女孩抬起頭，有些內疚道：「是像昨天那樣難過嗎？媽媽會因為我，哭成那樣嗎？」

李薇茗愣了愣，將女兒緊緊摟到懷裡。

「會，因為媽媽愛妳。」

「那我聽話！我不調皮了！也不看蝴蝶了！媽媽不要哭，媽媽哭了，敏敏也會想哭的。敏敏聽話，媽媽不要難過好不好？」

看著緊摟在一起的母女倆，赫諷心裡有些酸澀又有些感嘆，正想要說些什麼，專業破壞氣氛的林深開口了。

「到了。」

林深望著近在眼前的那幢小屋，對李薇茗道：「要帶著妳女兒一起進去嗎？」

李薇茗身體一僵：「不……我一個人去看他就好。」

林深點了點頭。「那我在外面等，赫諷和妳一起進去。」

「欸，為什麼我要——」

林深只是輕瞪了他一眼，剛想抗議的赫諷立刻舉手投降：「好好好，我陪她一起進去。」

小敏敏留在屋外，由林深看著，赫諷則帶著李薇茗進屋。

「事先說好，妳不要太激動，人死不能復生，我們要冷靜一點看待這個問題，等一下千萬不要……」

「我知道。」李薇茗好笑地看著他，「有敏敏在，我不會做出什麼傻事的。」

「好吧，那妳做好心理準備。」

比起當事人，赫諷反而更緊張，他深吸一口氣後，推開了門。

「游嘉就在那裡，我把他整理好了，應該不至於太驚悚。」

他屏息，等待著敏敏的反應。好半晌，沒有聽到哭泣聲，也沒有什麼別的動靜。赫颯正疑惑間，只聽見身旁的人竟然撲哧一聲笑出來。

「這就是你要我做好心理準備的原因嗎？」李薇茗笑得眼淚都忍不住，「果然，是讓我很驚訝。」

什麼？

赫颯連忙抬頭看去，一看之下，他愣住了。

沙發上，游嘉好整以暇地坐著，穿戴整齊，坐姿端正，甚至還戴著一副墨鏡，舉起右手對著門口一副打招呼的模樣。要不是露在衣服外面的白骨顯示出這是一副骨架，外人真要以為是個活生生的人坐在這裡。

赫颯滿臉通紅，這是他昨晚一時興起的傑作，本來準備整一整林深的，誰知道出門出得太急，忘了把游嘉放回原位。這下可好，讓人家太太看見了，一定會譴責自己隨意擺弄死者遺體！

「我、我不是故意的……算了，妳想怎麼打罵我都可以，來吧。」

看著一副大義赴死表情的赫颯，李薇茗輕輕笑了笑。

「其實這樣也好。」她說著，慢慢向游嘉走了過去，「至少這樣和他再見面的時候，我是笑著的，而不是哭得很難看的樣子。」

她輕柔地摘下墨鏡，仔細打量著游嘉的臉龐。雖然只是一具白骨，卻彷彿可以看到當年那個對她溫柔微笑的男人的樣貌。

她枯黃的手指一點點地撫摸過白骨，感嘆道：「我們都變了。」

赫颯尷尬地站在她身後，不知該說些什麼來安慰。

「我本來以為活到這個歲數，情愛什麼，都只是年輕時的玩笑話了。」李薇茗撫摸著游嘉的面容，「帶大女兒，過好日子，能吃飽穿暖，我以為日子就會這樣慢慢過去，心裡的那些奢望，也不敢再去想。」

她笑了笑，帶著幾分對過去回憶的嚮往：「可是我現在才發現，不是不愛了，也不是愛不動了。而是我想愛的那個人，他不在我身邊，我就漸漸忘記該怎麼去愛了。」

「而現在——」她摟住游嘉，將那原本高大、現在卻比她還瘦小的身軀緊緊摟在懷裡。「我可以愛著他一輩子，直到敏敏長大，生了孩子，許多年後，我會和他再在一起。這一次，就是永遠了。」

「謝謝你們，讓我記起我和他是怎麼相愛的，讓我知道他一直都是愛著我們的……」

赫颯看著將頭深深埋在游嘉肩膀上的女人，看不到她的表情。

她哭了嗎，還是沒有哭？

作為一個失去愛人的女人，李薇茗此刻必定是痛苦的，但是作為一個母親，她卻必須堅強。

赫颯張口欲言，猶豫了幾下，還是道：「那個，妳要小心一點。我黏得不是很牢，當心把游嘉給抱散了。」

站在門外守候的林深和小敏敏，立刻聽到了屋內一陣爆笑，與之相隨的，還有赫颯結結巴巴解釋。

「叔叔。」小敏敏好奇，「是我媽媽在笑嗎？」

「或許吧。」

「她為什麼這麼開心？」

「我也不知道。」

「叔叔，你怎麼這麼笨，什麼都不知道。」

「……」

赫颯帶著李薇茗還有游嘉出來時，看到的就是小敏敏鄙視地看著林深的畫面。

「你怎麼了？照顧個小女孩都照顧不好？」赫颯幸災樂禍。

林深輕輕地，幾乎是不在意般地瞥了他一眼。

「你說呢？」

莫名地，赫颯感到一股涼意從背後升起，忍不住就打了個哆嗦。他決定還是乖乖閉嘴，不去招惹林深。

後山，離小屋不遠處，有一塊空地。是守林人用來埋葬沒有親人來尋的自殺者的地方，經年累月下來，這裡已經有了幾十個墳墓。

「妳真的要把他葬在這裡？」赫颯問。

「他一直都想和我在山林裡尋一個住處，既然我不能在這裡住下，就讓他待在他喜歡的地方吧。」李薇茗笑了笑，「我每年都會來陪他，而且有你們在，他也不會寂寞。」

赫颯聽出她的弦外之音：「妳……要搬離鎮上了？」

李薇茗想了想道：「十年前，因為愧疚，因為自責，因為想要找回游嘉，我一直不敢和家裡聯繫，這十年來，一通電話也沒打回去過。」

「現在我想明白了，無論回去後是被罵也好，被趕出來也好，我都一定要回去一次，是贖罪，也是為了敏敏。我不想讓她繼續和我過苦日子了，敏敏身上還有李家的血脈，至少家裡一定會收留她。」

「妳……」

「這十年來，我一直辜負了游嘉想讓我幸福的願望。至少從現在開始，我想實現他這個遺願。」李薇茗笑道，「我現在才明白，愛一個人不是讓她跟著自己受苦，而是要讓她幸福。」

「這是游嘉教會我的，雖然我們明白得有點晚了……」

「對了，可以告訴我你們是在哪裡發現他的嗎？我想去看一看。」

赫颯連忙回答道：「我等一下帶妳去，不過下去的時候要小心一點。」

「對了，途中會經過一塊石碑，我介紹給妳認識，是我妹妹哦。」逢人便要炫耀小涵，這已經是赫颯的習慣了。

然而這一次，兩個人對談的過程中，似乎有些別的什麼。

離開的人真的離開了嗎？還是一直存在人心底的某個角落，不常常掛念，卻珍惜地收藏著？

站在那塊石臺上，李薇茗望著山下的小鎮。忙碌的人們依舊忙碌，他們行色匆匆，為各自的生活所奔波。

鎮上的人們不會知道，十年前，有個男人坐在這裡，望著他們直到死去；十年後，有個女人站在這裡看著他們，直到離開。

敏敏，妳看到了嗎？我想給妳看的，我最美的夢。

「嗯。」敏敏笑了，輕輕應道，「我看到了，游嘉。」

無法實現的美夢，脆弱易碎的美夢。

永不能忘記的夢。

山坡上，赫颯正在逗著小敏敏玩，林深看著他們，突然幽幽地說了一句。

「愛這種事，總是這麼刻骨銘心？」

赫颯抬頭，不解地看著他。

只聽林深下一句道：「我突然很想試試看。」

「什麼？」

林深看著他，「去愛一個人。」

「……你還是別試了，聽你這麼說很恐怖。」赫颯搓了搓手臂冒出的雞皮疙瘩。

「我看游嘉和敏敏就很好。」

「那是因人而異，有些人天生就不適合深情，比如你。」

林深皺起眉，不服地道：「說不定我能做得比游嘉更好。」

「更好，變成另一具白骨？還是化成灰的那種？」赫颯怪笑。

林深難得地惱火：「你等著。」

「我就等著看你好戲，哈哈！」

石臺上，李薇茗聽著兩人的爭執，也忍不住笑了起來。

每一天，要是都能過著這樣普普通通時而吵吵鬧鬧的日子，該有多好。可惜這種幸福，也是難以求得的。

時光如封印在昨日舊照中，去而不回。

留下的，是十年歲月刻下的印跡，和永生不滅的愛。

十年等長生。

——《有種你別死01》完

高寶書版集團
gobooks.com.tw

BL044
有種你別死01

作　　者　YY的劣跡
繪　　者　生鮮P
編　　輯　林思妤
校　　對　任芸慧
美術編輯　彭裕芳
排　　版　彭立瑋
企　　劃　方慧娟

發 行 人　朱凱蕾
出　　版　英屬維京群島商高寶國際有限公司臺灣分公司
　　　　　Global Group Holdings, Ltd.
地　　址　臺北市內湖區洲子街88號3樓
網　　址　www.gobooks.com.tw
電　　話　(02) 27992788
電　　郵　readers@gobooks.com.tw（讀者服務部）
　　　　　pr@gobooks.com.tw（公關諮詢部）
傳　　真　出版部　(02) 27990909　行銷部 (02) 27993088
郵政劃撥　50404557
戶　　名　三日月書版股份有限公司
發　　行　三日月書版股份有限公司/Printed in Taiwan
初版日期　2020年8月
三刷日期　2021年1月

國家圖書館出版品預行編目(CIP)資料

有種你別死 / YY的劣跡著.-- 初版. -- 臺北市：
高寶國際, 2020.08-
　冊；　公分. --

ISBN 978-986-361-883-6(第1冊：平裝)

857.7　　109008981

三日月書版

三日月書版

GOBOOKS
& SITAK
GROUP©

GOBOOKS
& SITAK
GROUP ©